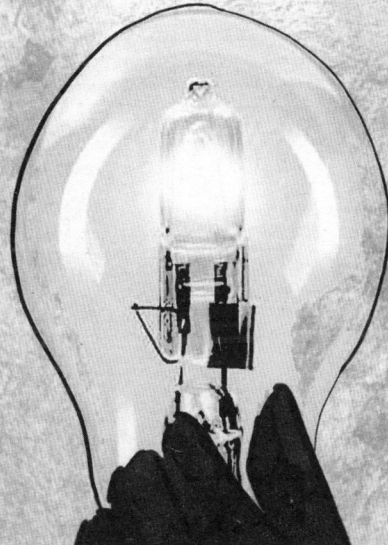

Este projeto foi contemplado pelo Fundo Municipal de Cultura de Anápolis 2020.

Solemar Oliveira

BREVE SEGUNDA VIDA DE UMA IDEIA

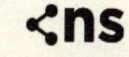

São Paulo, 2022

Breve segunda vida de uma ideia
Copyright © 2022 by Solemar Oliveira
Copyright © 2022 by Novo Século Editora Ltda.

EDITOR: Luiz Vasconcelos
ASSISTÊNCIA EDITORIAL: Amanda Moura
PREPARAÇÃO: Flávia Cristina Araujo
DIAGRAMAÇÃO: Marília Garcia
REVISÃO: Daniela Georgeto
CAPA: Jack Azulita

Texto de acordo com as normas do Novo Acordo Ortográfico da Língua Portuguesa (1990), em vigor desde 1º de janeiro de 2009.

Dados Internacionais de Catalogação na Publicação (CIP)
Angélica Ilacqua CRB-8/7057

Oliveira, Solemar
  Breve segunda vida de uma ideia / Solemar Oliveira.
-- Barueri, SP : Novo Século Editora, 2022.
  240 p.

ISBN: 978-65-5561-279-0

1. Contos brasileiros I. Título

21-5711   CDD B869.3

Índice para catálogo sistemático:
1. Contos brasileiros

GRUPO NOVO SÉCULO
Alameda Araguaia, 2190 – Bloco A – 11º andar – Conjunto 1111
CEP 06455-000 – Alphaville Industrial, Barueri – SP – Brasil
Tel.: (11) 3699-7107 | E-mail: atendimento@gruponovoseculo.com.br
www.gruponovoseculo.com.br

Sumário

Preâmbulo magnético explicativo · 13
Breve segunda vida de uma ideia · 15
Doçura dos tártaros · 17
Ordem do dia · 27
Moto perpétuo · 31
Segunda vida de Albert Einstein · 35
Abismos · 43
Ágata · 47
Anjos caídos · 53
Benedito · 57
Caronte · 63
Carta ambígua · 67
Condenados · 73
Confraria · 77
Da Vinci · 87
É isto sagrado? · 91
Espaço-tempo invertido · 99
Espetáculos · 103

Expiação · **107**
Isis · **113**
Isolamento · **119**
Samsara · **125**
Mar Morto · **127**
Marília tem um segredo · **129**
Miriam · **135**
Nos caminhos da loucura · **139**
Enigma de Lujan · **145**
O homem que virou abobrinha · **151**
Inimigo de toda gente · **157**
Novo homem · **165**
O sarcófago de Antônio João · **167**
Paixão e morte · **177**
Por Fibonacci · **183**
Transformando sessenta poemas em três · **187**
Gêmeo indesejado · **193**
Fábula do deserto · **199**
Questão de ciência · **207**
Vocabulário do cínico · **217**
Voluntários da sorte · **221**
Zeus palhaço · **227**
Viajantes · **231**
Exilados · **235**

Para Lauriane

Todo esse tempo sabia que tinha
algo que não devia esquecer.
Algo que me havia dito alguém.
Mas eu esqueci.

Ingmar Bergman,
Vergonha

E o sertão para lá
eldoradava sempres
e liberdades.

Oswald de Andrade,
Memórias Sentimentais de João Miramar

Preâmbulo magnético explicativo

Nunca fui admirador de preâmbulos explicativos. Não gosto da intimidade. Respeito, acima de tudo, meu leitor. Não o subestimo. Nunca subestimei. Também não sou afeito aos excessos de explicações. Faço uso do velho ditado, não sei se é assim, para bom entendedor um pingo é letra? Quase isso! O sentido é claro. Mas sempre tem um *mas* após uma explanação de si mesmo. O caso é que neste conjunto de contos, que vocês lerão a seguir, empenhei-me em explorar as várias faces do macabro. É preciso sentir um assombro com as coisas inexplicáveis para tirar bom proveito da leitura. Eu recomendo ler, antes de começar meu livro e para entrar no universo do mistério, alguns autores essenciais e suas obras imortais. Meus preferidos são E. T. A. Hoffmann, Humberto de Campos, H. P. Lovecraft, J. L. Borges, Lygia F. Telles, Silvina Ocampo, Edith Wharton, Edgar Allan Poe, entre outros. Não são, necessariamente, inspirações para a minha escrita ou têm, essencialmente, similaridades com o que tentei fazer em minhas elucubrações literárias, mas em algum lugar de suas histórias formidáveis reside a fórmula mágica da inspiração para o livro que escrevi.

Interrompi este preâmbulo por dois longos dias, desde o último ponto acima. O leitor não percebeu que reside nessa simetria um procedimento incrível, capaz de esconder resíduos de deficiência ou de falta de inspiração. Conto isso, porque me parece tão sobrenatural quanto qualquer elemento místico da escrita fantástica. São esses caprichos maravilhosos que podem ser transferidos para o papel e transformar o mundo do leitor numa absoluta nuvem de probabilidades e possibilidades. Em outras palavras, é possível viajar num mundo resolvido por outro, mesmo sem saber que, a duras penas, ele foi gestado, nasceu e cresceu para envelhecer e ter um digno final.

Apresento a vocês, caros leitores, o meu íntimo mergulho às cegas à caverna do absurdo. Para deleite dos poucos que navegam nas águas que investiguei, existe a doçura do compromisso e a vontade de agradar, sem que eu me afaste do que realmente sou: um contador de histórias. E é por isso que este preâmbulo, que nomeei magnético, também é uma curta história. Queria contar, ainda, que, durante a sua escrita, excluí doze frases e troquei seis palavras por outras, completamente diferentes. É claro que você não percebeu. Há nisso um mistério e uma ação invisível e irreversível. Elas existiram e sumiram como fazem os vivos, durante um tempo, até serem cruelmente ceifados e rumarem em direção ao desconhecido, que é também um grande mistério.

Sem mais, ofereço a você este grande cemitério de palavras.

Breve segunda vida de uma ideia

Empalidecendo rapidamente, a única listra negra que restou na camisa rajada saltou para o banco da praça e, depois, para o chão. Um segundo antes de deixar a malha, que ornou, por longos anos, com sua simetria exata, olhou para o alvo tecido e teria suspirado, caso fosse dotada de pulmões, nariz e narinas. Viu a terra fresca e molhada. O sono aguardava, altivo e belo. Rolando pelo barro, poderia sujar-se à vontade e ungir-se de outras cores e depois repousar, serena, num fosso isolado, longe dos suores do outro que a vestia e que, durante todo o tempo de uso e abuso, não lhe ofereceu algum perfume caro e de fragrância avassaladora, como a de um amaciante incomum. Fora quase um fiasco de faixa em sua vida curta. Também, salvou-se de passar totalmente nula, pois possuiu detalhes de outros tecidos que a tornaram digna de sua função, como quando roçou o vestido quente de veludo azul, estufado pelos delicados e redondos seios de uma dama, de que não recorda o rosto. Agora, deitada na lama que escandaliza sua perfeita composição de tinta e subpartículas de tecido agregados, deixa-se repousar no obscuro reduto. Demonstra que é, ou gostaria de ser, uma coisa mais do que algo irrelevante, algo que pensa e que tem toda sorte de fortuna na vida. Por outro lado, está cansada e almeja agora derreter-se e tornar-se, junto ao musgo, um nada que colore a terra. Pensa cuidadosamente na natureza inteligente das criaturas irrelevantes e completamente inanimadas. Entende que é uma cria do nada. Que se deixou estar na camisa, assim como no chão, como uma indecifrável conjectura de Magritte.

Doçura dos tártaros

A natureza não contava com meu aparecimento e, em consequência disso, tratou-me como uma visita inesperada e inconveniente.

Ivan Turguêniev, *Diário de um homem supérfluo*

A escolha do meu nome não foi por acaso. Bem pequeno, percebi que minha mãe forjou um objetivo funesto, por causa de seu gosto exagerado pela Ilíada, para que meu nome representasse de imediato uma função, em mim, é claro, a partir dos anos em que eu tomasse consciência exata de sua ideia. Eu me chamo Caos. É verdade que a única coisa que realmente impressiona é meu primeiro nome. Obviamente, Caos Batista dos Santos não é muito intimidador. Ela, minha mãe, não conseguiu que seguisse ao nome absurdo outro de igual potência. Confessou-me certa vez que, não fosse o escrivão, no cartório, meu nome seria Caos dos Tártaros Batista dos Santos. Essa inconveniência dos dois dos me incomoda muito mais do que a desastrosa pretensão sugerida pelos nomes sonhados. Minha mãe não viveu o bastante para saber o efeito de sua intenção.

Sou funcionário público. Trabalho das oito às dezessete. Nunca reclamo do volume de afazeres nem de ser subordinado. Não tenho voz de trovão, como se espera de alguém chamado Caos, e não tenho ações intimidadoras em meu comportamento. Sou simples assim. Falo mansamente e com voz baixa e cadenciada. Tenho um cachorro pequeno e dois gatos, dos quais cuido como se fossem meus filhos. Nunca me casei, apesar de estar com quase cinquenta anos e essa expectativa não exercer mais importância relevante em minha vida; mas ela ainda existe, fraca e invisível. Caminho de casa para o trabalho e do trabalho para casa, todos os dias. Nos finais de semana, passeio com o cachorro no parque e compro revistas em quadrinhos do jornaleiro, para ler durante a semana, à noite. Nada na minha casa está fora do lugar. Não sou desleixado nem desorganizado. Na verdade, sou exatamente o contrário. Sou do tipo tão correto que uso etiquetas para quase tudo e tenho os locais bem definidos para guardar todas as minhas coisas, que não são muitas. Não tenho, definitivamente, graça nenhuma.

Talvez por isso, por causa de minha insignificância, eu tenha chamado a atenção de certo sujeito, muito bem trajado e de fala precisa e forte, que caminhava no parque solitário, porém observador e altivo, no último domingo, à tarde. Eu e meu cachorro ridículo estávamos separados por uma grande distância, e eu gritava, insistentemente, seu nome, para que retornasse para próximo de mim, com uma voz quase rouca e lamentável.

– Qual a raça do cachorro?
– Não tem raça alguma. Acho que é vira-lata. Achei na rua e socorri.
– Qual é mesmo o nome? Do bichinho, claro.
– Tártaro. É, tipo, uma piada. É inofensivo.

– E se eu disser que esse cachorro provavelmente é uma criatura melhor do que você?

– Eu perguntaria o motivo pelo qual uma pessoa diria tal ofensa. Bom, não pretendo saber. Tenha um bom dia.

– Espere. Veja bem, é um problema de *E se*!

– Como assim? Não entendi.

– Explico. O que ocorre é que eu suponho que algo pode ser baseado no que vejo, no que sinto e, também, no que imagino. E sei que você pode ser algo diferente do que tem sido durante toda a sua vida.

– Como assim?

– O animal também vive uma rotina monótona. Assim como você.

– É verdade. Mas como isso lhe diz respeito? Vivo como devo viver.

– Sim. Se lhe interessar, podemos esticar a conversa noutro momento. Sempre estou por aqui. Não que eu goste, mas é onde consigo atenção.

E o homem despediu-se com um aceno e não me olhou enquanto eu o observava partir. Eu agora controlava o cachorro próximo aos meus pés para, enfim, colocar-lhe a coleira no pescoço. Em casa, descansei sem muito pensar no encontro da tarde. Dei comida para o cachorro e para os gatos e percebi que os animais estavam inquietos, ariscos. Não era o costume. Rosnei para o meu cão com uma atitude desconcertante que me envergonhou mais do que foi eficaz em seu objetivo. Fui para a cama após ler a aventura semanal de um herói sem poderes, um justiceiro mascarado que muito se assemelhava, no tipo físico, ao estranho que conheci no parque. Ri da coincidência, mas sem muito entusiasmo. Minha vida, às vezes, tem esses momentos de incrível aventura.

Durante o café não vi o cachorro, nem os gatos. No pequeno terreno que tenho no fundo de casa, onde ficam os animais, percebi rastros de sangue e o pequeno Tártaro resmungando em sua casa de madeira no extremo do quintal, ofegante e raivoso. Os gatos haviam desaparecido e senti uma revolta crescendo, até que minha voz tomou força e gritei com o infeliz. Ele veio meio sem jeito, sem abanar o rabo, e logo que me encontrou levantou sua cabeça que vinha baixa e oscilante. Olhou-me direto nos olhos e, sem demorar, abriu a boca vermelha e pegajosa e, como um humano articulado e inteligente, falou:

– Já estava na hora de me livrar desses tipos. Eram arrogantes e interesseiros. Fiz isso por nós dois.

Não pude acreditar no que vi. O cachorro falava como um marginal dos guetos e dizia o que pensava, sem ponderar. E não parou. Enquanto eu tentava absorver o que ouvi, as primeiras palavras, ele continuou se explicando e dizendo coisas que não faziam sentido. Depois se acalmou. Eu voltei para dentro e tranquei a porta. Olhei pela janela e aquela besta falante continuava sua preleção ainda mais entusiasmado. Mas agora andava de um lado para o outro, às vezes olhava para a janela, às vezes parava e refletia sobre o que dizia, mas sempre conversando exageradamente. Não analisava sua condição de falador. Observando-o, eu tinha a impressão de que sempre fora dotado de tal habilidade. Depois que me acostumei com a transformação, percebi que eu tinha uma oportunidade nas mãos. Algo inédito aconteceu.

Abri a porta e deixei que meu fiel companheiro entrasse. Mas ele não cessava. Observava tudo ao redor e fazia perguntas cujas respostas eu não tinha. Dei-lhe um bom banho para tirar o sangue dos gatos, que provavelmente fugiram machucados para morrer em algum lugar distante. Enquanto o cachorro contava como havia sido sua aventura lutando contra os dois gatos – duas rudes e depravadas criaturas, segundo ele –, eu tentava entender em que momento do dia anterior algum elemento inusitado nos atacou, fazendo com que o cãozinho se transformasse naquela versão falastrona e incansável. Uma personagem de Woody Allen. Lembrei-me, ficou muito óbvio após, do homem misterioso do parque. Fui todos os dias à tardinha tentar encontrar aquele senhor e descobrir que estranhos poderes ele havia usado no meu cão para torná-lo aquele ser falante e inconveniente. Não o encontrei em nenhum dos dias anteriores ao domingo. Uma semana depois, lá estava ele. Bem-vestido em um incrível e visualmente imaculado terno. Sua explicação para não estar no mesmo local onde nos encontramos foi que ele só caminhava por ali nos finais de semana, sobretudo no primeiro dia, pois era quando as coisas aconteciam.

Caminhamos pela rua calçada de pedras e, depois, pela grama. Sem emitir som algum, o cachorro parecia ter voltado ao seu estado animalesco, estúpido, de antes. O homem trajava um estranho terno preto, totalmente preto. Tinha toda a indumentária impecável, desde a gravata ao sapato muito bem limpo e brilhante. Ele destoava de todos os passantes, visto que seu traje não combinava com o domingo de sol. Perguntei o motivo de tamanha formalidade.

– Não se preocupe. O tempo já vai fechar.

Entendi que a roupa toda muito exagerada faria mais sentido se fôssemos assolados por um frio e uma escuridão repentina. O cachorro me chamou timidamente. Abaixei-me para ouvir sua súplica. Disse-me, com a voz entrecortada, em seu novo idioma carregado das gírias retiradas de não sei onde, que precisava urgentemente urinar. Apontei uma árvore bem próxima e me desfiz voluntariamente do incômodo. Alguns segundos e o cão insistiu. Bradei e apontei com mais decisão uma outra árvore, um pouco maior e mais segura. Ele falou novamente, bem baixinho. Coloquei o ouvido próximo de sua bocarra molhada e ouvi com cuidado.

– Eu não posso mijar na frente do povo, irmão! Preciso de um banheiro. Saca? Tá achando que eu sou o quê? Um animal?

Não respondi, achei tudo absurdo e confuso demais. Enquanto caminhávamos à procura de um banheiro, perguntei ao homem elegante o que havia acontecido com o cachorro. Desde o nosso encontro há uma semana, o bicho mudara completamente. Havia se transformado numa criatura insuportável.

– Francamente, não sei o que aconteceu. E, olhando assim atentamente, não vejo diferença alguma. Esse é o Tártaro?

– Sim. Ele mesmo. Você se lembrou do nome!
– É um nome que não se esquece facilmente. Incomum!
– Não escuta o que ele diz?
– Nada além de um latido muito tímido.
– Ele fala. Garanto. Fala muito. É praticamente um comediante de *stand up* canino.

– Bom. Parece que agora eu tenho razão sobre ele ser mais inteligente que você.

O cão correu para o banheiro assim que o avistou. Demorou alguns minutos lá dentro e, por incrível que pareça, pouco antes que ele retornasse, ouvi o barulho da descarga sendo acionada. Francamente, eu não queria viver com aquele ser esquisito, com a aberração que ele havia se tornado. Confessei tudo isso para o recente amigo. Ele ouviu com profunda introspecção e disse que logo teria pronta uma teoria. Depois de uma curta análise, arriscaria um palpite sobre aquela incrível e inesperada situação. Disse que era uma oportunidade. Veio novamente com um categórico discurso de confiança e exaltação da conveniência.

– É um clássico caso de *E se*!

– De novo isso?

– Sim. Por causa dele estamos conversando agora. Não é mesmo?

– Qual o seu nome?

– Não queira saber. É um nome difícil de pronunciar. É de um outro idioma e se escreve com outros caracteres. Um nome antigo.

– Entendo.

Caminhamos para o orquidário, onde há uma parede enorme de vidro, e de onde se pode ver o reflexo de praticamente todo o parque numa perspectiva singular. Observávamos nossas imagens refletidas enquanto andávamos vagarosamente.

– Veja, Caos. Não lhe parece familiar? Nós dois temos o mesmo estilo de caminhar. O desenho de nossos ombros é praticamente igual. Temos grandes semelhanças.

– O que isso significa?

– Pode ser uma coincidência, não é? Olhe o cãozinho, como corre.

– Às vezes ele volta a ser um simples cachorro.

– Eu me lembro de quando você pediu um animalzinho de estimação para sua mãe. "Eu quero um cãozinho, mamãe", você disse. Era só um pirralho. E ela olhou bem para você, do alto de sua incrível beleza e de sua magnífica simplicidade, e disse: "Não posso lhe dar um cachorro, se seu pai estivesse aqui eu faria você pedir para ele. Provavelmente ele lhe satisfaria o desejo". E foi o que eu fiz. Demorei um pouco, eu reconheço. Mas deixei o animalzinho à sua vista. E você encontrou o bichinho facilmente.

– Como assim? Você conhecia minha mãe?

– De certa forma. Não pergunte. Só vou lhe contar sobre o cão. Bom, ele é um animal especial. Eu o conheço há anos. Tem algumas peculiaridades. Por exemplo, é excêntrico. É sempre muito original. No contato com os humanos, tem sempre uma surpresa. No seu caso, parece que optou por falar. Comigo, em nossa casa, não é dócil. Poderia ter se revelado um grande matador, se quisesse. Eu não lhe dei o bicho. É um empréstimo, para que ele se torne seu amigo. Um dia, e esse dia não tardará, após o seu desaparecimento neste mundo, você entrará em outro lugar, um que é seu por direito, e o cão que guarda a entrada lhe reconhecerá como um amigo, deixando que entre em paz.

Olhei para o cão que balbuciava algumas palavras, enquanto me arranhava a barra da calça. Queria comida e pediu isso como pedem as crianças insolentes. Quando me voltei para o homem, ele já ia, distante, acenando com o braço levantado e dizendo adeus.

Fui para casa e me acostumei com a companhia do cachorro falador. Contava-me histórias tão sinistras e horrorosas que jamais imaginaria ouvir da boca de alguém. Tinha um longo histórico de aventuras e parecia ter vivido uma infinidade de vidas. Não falava sobre seu antigo dono. Mas contava piadas terríveis. Ora tornava-se o Ari Toledo, ora era demasiado performático, desenvolvendo um escandaloso teatro. Puta que pariu, Caos, com essa, você vai rir até se cagar todo! Imitava o Chaplin minuciosamente. O cão era uma contradição completa, mas tinha informação e, em muitos momentos, agradava-me a sua companhia. Nós nos tornamos grandes amigos e confidentes. Anos se passaram, em que vivemos os dois na casa solitária. Tudo à volta de Tártaro tornava-se hilariante e indecente. Não tive nenhum outro grande episódio em minha vida. Eu, que me chamo Caos, a contragosto de minha vontade, e quase me chamei Caos dos Tártaros, sobrenome que emprestei para o cachorro de rua, sou a ineficácia do desejo de minha mãe. Nunca causei transtorno ou modifiquei qualquer coisa no mundo.

Por muitas vezes eu e Tártaro passeamos pelo parque. Nunca mais encontrei o elegante homem que me presenteou, pelo menos por algum tempo, com o terrível cachorro fantástico falante. É um fato triste que apenas eu ouça sua ladainha interminável, uma combinação de histórias horrorosas e piadas de mau gosto. Mas, ainda assim, a sua presença representa um grande acontecimento. Desisti de ter uma esposa, já era muito tênue esse desejo. Sigo de casa para o trabalho e do trabalho para casa, como sempre foi meu costume. Leio os quadrinhos com menos frequência, mas ainda me interesso por eles. No final do dia converso com o cachorro, escuto mais do que falo. Presto atenção em suas constantes performances. Saímos para a rua juntos dia sim, dia não. As coisas em casa continuam categoricamente organizadas. Comprei um armário para colocar a ração do Tártaro. Tem várias gavetas para os diversos sabores. Todas bem etiquetadas para eu não confundir. Meu serviço é o mesmo. Não reclamo do volume de trabalho e sempre estou satisfeito em ter um patrão.

Hoje, ao caminharmos pelo parque, vi que um homem muito elegante, combinando todas as peças de roupa, estampadas de arabescos com motivos florais e uma gravata de fina seda caríssima e incomum, se aproximou. Ele apenas me disse que era hora de levar o cachorro. O animal foi-se para perto do dono e, quieto, não me olhou em despedida, nem emitiu um simples latido ou abanou o rabo. Não era seu estilo. O homem caminhou para longe e o cachorro o seguiu bem de perto. Desta vez não disse adeus nem acenou com a mão. Aceitei bem passivo, como sempre faço.

– Ei, senhor. Espere, tenho que lhe dizer. Acho que vou sentir falta desse falador. Às vezes imagino que seria melhor se você nunca tivesse me dado o cachorro de presente.

– Bom, talvez seja verdade. Esse é um clássico caso de *E se*.

Ordem do dia

A curiosidade, dizem, é amiga e irmã da fatalidade. Minha mãe parecia esperar que, muito cedo, naquela sexta-feira chuvosa, entrasse pela porta principal da loja três anões barbudos e muito bem-vestidos. Tinham aspecto ameaçador, mas, já no início da conversa, demonstraram profunda simpatia e amizade. De onde eu estava não pude ouvir o que conversavam com ela. Eu arrumava a prateleira de conservas e, de longe, minha mãe apontou um dedo na minha direção e, como pude perceber pela rudeza de suas feições, eu deveria ficar onde estava, terminando o que comecei. Não pude deixar de sentir uma profunda curiosidade sobre o tema daquela conferência. Ao terminar a palestra, o mais sério deles (era perceptível como dominava os outros dois e como tinha autoridade inquestionável) virou-se para mim. Seu olhar inquisidor me intimidou sobremaneira, e eu, por pouco, não me espatifei no chão por causa do desequilíbrio na escada.

Minha mãe veio até mim e segurou minha mão. Estava angustiada. Disse que a conversa que tivera há pouco com aqueles três amáveis senhores era sobre mim. Mentiu. Depois me empurrou em direção a um deles, que veio falar comigo em tom bastante formal. Caminhou ao meu redor, olhando-me dos pés à cabeça. Não dizia nada. Parecia preparar as palavras esquematicamente em sua cabeça arredondada, para que nada saísse sem que tivesse o mais cru e real significado. A tensão toda me deixou meio tonto e explodi numa fúria desproporcional. Ele pediu calma. Em seguida, disse que tinha uma informação para me dar. E, sem que mudasse um milímetro as posições das rugas em sua face, disse que, para ele me falar do que se tratava o assunto em questão, eu precisaria tomar uma decisão e ela não poderia estar baseada na curiosidade. Segundo ele, a curiosidade é a mãe das armadilhas. Hesitei em perguntar sobre a informação que ele tinha. Senti que algo aconteceria comigo e o resultado do que viria me colocaria numa situação de isolamento.

O anão mais velho colocou as mãos para trás em atitude contemplativa, refletiu sobre algo muito íntimo, como podia ser percebido pelas caras e bocas que fez, contemplou nossa loja de doces e conservas e, para imitá-lo, os outros fizeram o mesmo. Depois, retirou um imenso charuto do bolso interno do paletó, enquanto os outros dois, sem pestanejar, surgiram com fósforos acesos para dar-lhe o prazer de fumar. Eu estava indo de nervoso para tranquilo e de tranquilo para raivoso. Senti que aquilo não se resolveria sem minha intervenção.

Minha mãe observava tudo posicionada detrás do balcão, que foi para onde rumou depois de me deixar à mercê daquelas cômicas figuras. Escondeu-se, perturbada. Eu gostava da loja, da companhia de minha mãe e, sobretudo, de trabalhar ali, com os produtos locais e na caixa registradora. Eu era disciplinado e ordeiro. Algo começou a crescer em mim. Do meu estômago partiu, sem avisar, uma bolota de vapor denso que, ao chegar na base da garganta, explodiu incontida. Eu quase vomitei o café da manhã. Os anões riram levemente, sem serem desrespeitosos. Mas percebi que havia ali uma disputa por razão, entre eles e minha mãe. Então era isso? Fizeram uma aposta. Eu estava sendo testado.

– De onde vocês vêm?

– Somos do lugar disciplinador, você pode chamar assim. Levamos apenas os que não se enxergam.

E riram novamente, mas desta vez mais abertamente. É preciso dizer que quem ria primeiro era o líder, os outros riam para reverberar a obediência e para fazer ressonar a atitude do maestro. Eu tinha quase o dobro da altura de cada um deles e, se quisesse, poderia colocá-los todos para fora sem muito esforço. Eu não queria ser rude e, por outro lado, uma força invisível me congelava. O volume esférico, empelotado, que havia se formado em meu estômago, começou a subir novamente. Agora tinha se somado ao movimento um impulso paralelo que subia pelas costas, frio e em ondas grossas. Depois de um calafrio avassalador, eu perguntei:

– O que querem me dizer? Digam logo.

O mais velho veio para perto de mim. Esperou que a minha respiração retornasse e disse com bastante calma, sendo acompanhado verbalmente pelos dois puxa-sacos acoplados a ele:

– Viemos pedir um conselho.

Moto perpétuo

Como é previsto por algumas mentes privilegiadas e estudiosos muito raros, a Roda do Destino é periodicamente girada para que, baseados em probabilidades, os mais distintos eventos possam acontecer. A Roda, que é um objeto colossal, magnânimo, difícil de ser compreendido pela simplória visão humana, é uma peça cuja engenharia remonta a outros povos, outra realidade da Terra. À medida que os destinos são sorteados, as vidas mudam.

Gostaria de me explicar, para que o leitor tomasse consciência do objetivo deste meu ensaio sobre a Roda do Destino, essa maravilha invisível e desconhecida da engenhosidade humana. Assim, meu intuito é mostrar que nada na vida está decidido. O redemoinho de probabilidades, de situações nunca manifestadas, existe para cada situação futura distribuída em igual chance de acontecer, assim como uma outra qualquer, completamente oposta e distinta. De tempos em tempos, um ser escolhido garante que a Roda gire e cumpra sua missão de fazer acontecer. Apenas como exemplo, poderíamos citar o caso de um advogado de sucesso, que realizou seus estudos na melhor universidade do mundo e que, depois de trabalhar bastante em uma famosa empresa, teve seu nome associado aos fundadores, por conta de sua alta competência. Mas a Roda girou e seu carro chocou-se com outro, e ele perdeu a memória quando sua cabeça bateu contra o para-brisa em um choque extraordinário, de tamanha intensidade que o arremessou a uma grande distância. Perdeu tudo. E sua vida, agora que as possibilidades foram sorteadas, é outra completamente diferente. Ganha a vida trabalhando em uma fábrica, realizando uma tarefa manual que não exige acessar as lembranças perdidas.

Pronto! Se me fiz entender, podemos seguir discutindo esse artefato misterioso. Sobre os humanos, podemos dizer que são profundamente afetados pelo deslocamento da extremidade da Roda, por causa de sua simplicidade sobrenatural. Os seres que habitam a Terra se ilustram de conceitos espirituais, mas não conhecem a intimidade das regiões invisíveis que coexistem e tecem teias de influência distribuídas, uniformemente, por todos os lugares. Elas preenchem o contínuo espaço-tempo. Tendo esse conhecimento guardado, podemos observar o mundo e suas oscilações. As ondas perenes que se sobrepõem, transformando futuro em passado, determinam o curso das vidas. E a Roda elabora suas decisões separando os indivíduos em pares. A imperfeição de um ser limita a perfeição do outro. Dois opostos precisam estar juntos para superarem suas deficiências.

Agora, contarei como uma trupe de iniciados organizou uma expedição para destruir a Roda do Destino. Sem que os homens cultos, que conhecem detalhes da natureza do objeto e sua complicada localização, cogitassem que esse absurdo pudesse ser realizado, alguns párias conhecedores dos mesmos segredos, mas agora homens desgarrados e revoltados por causa da insatisfação com os seus destinos, tornaram-se instrutores de poderosos bárbaros modernos que, munidos de armas devastadoras, abraçaram a missão.

Antes que essa comitiva destruidora chegasse ao lugar guardado no tempo, esconderijo da Roda, quase todos os membros da missão já haviam mudado de opinião, motivados por questões particulares e episódios ocorridos com familiares e amigos. A Roda girou para cada um daqueles homens, e sua força para determinar o destino impediu que sua ruína acontecesse. O tênue equilíbrio da realidade depende do bom funcionamento da Roda. Mas um único homem seguiu até o final da jornada. Era um solitário e desamparado humano, totalmente obstinado, capaz de suicidar-se por sua causa. Não havia como a Roda afetá-lo. Não tinha lastro ou orientações que fossem diferentes desta: impedir o funcionamento do artefato do destino.

Ao confrontar a Roda e seu guardião, ficou perplexo com a maravilha que observou. Aquele magnífico objeto da mais elaborada e complexa engenharia parecia comportar-se como um ser pensante, consciente e dotado de vontade própria. Ao perceber seu fim iminente, a Roda desabou sobre os dois homens prestes a confrontarem-se por causas diferentes. Ao perceber que um par improvável havia se formado, a Roda, sem expectativa de se manter como antes, dona dos destinos humanos, ruiu de dentro para fora, por desgosto, por desânimo, por entender que sua função havia se tornado obsoleta, inútil. Matou os dois.

O esconderijo da Roda do Destino era um grande salão branco, com pilastras enormes dispostas à esquerda e à direita, formando um amplo corredor no centro. O suporte de madeira que proporcionava a ação do mecanismo motor constituía-se numa obra escandalosa e inimaginável. Tudo precipitou de tal maneira que o salão foi quase totalmente destruído e a entrada foi isolada para sempre, guardando outros segredos nunca revelados e que, agora confinados na companhia dos defuntos soterrados, seriam desconhecidos para todo o sempre. O mundo sofreu com um grande redemoinho invisível que torturou o cérebro de todos e, depois de sumir, deixou como lembrança uma enxaqueca perene.

O caos se estabeleceu sem que as pessoas se dessem conta disso. Os destinos, que antes só eram possíveis graças à sorte determinada pelo giro da grande Roda e de suas infinitas probabilidades de condução das vidas humanas, escolhidas ao acaso, mas tendo o sentimento fundamental do merecimento e disposição de cada um, agora eram aleatórios e acidentais.

O mais curioso de tudo isso, do desconhecimento de uma estrutura orientadora dos futuros pela grande maioria dos humanos, é que, alheias à Roda do Destino, totalmente destruída para instalar-se o caos, as pessoas seguiram suas vidas normalmente.

Segunda vida de Albert Einstein

A humanidade deseja que fiquemos todos bem nos próximos anos. A ciência prevê que pequenos saltos mentais farão com que os humanos evoluam intelectualmente. Mas explicam: esses serão, definitivamente, saltos quânticos.

Autor desconhecido

Sandra passou a tarde refletindo sobre ciência. Perguntou-se, sinceramente, se jornalismo científico seria mesmo a sua real vocação. A resposta estava gravada no seu coração. Foi a paixão que tinha pelo velho cientista alemão que a impulsionou. Em 1949, cinco anos atrás, quando entrou para a faculdade, o velho Einstein já era uma celebridade. Depois do seu ano *mirabilis*, colheu os frutos da fama e da descoberta científica de uma das teorias mais revolucionárias do século vinte, além dos seus outros quatro fabulosos trabalhos. O impacto no mundo da Física repercutiu em todas as direções, na sociedade e na academia, e o senso comum foi desafiado. A teoria da relatividade.

Sandra tinha uma entrevista marcada. Falaria com a esposa do cientista e, talvez, com sorte, falaria também com ele. A vida do gênio havia mudado radicalmente depois que o primeiro-ministro, David Ben-Gurion, o convidou para assumir o cargo de presidente do Estado de Israel, convite que foi gentilmente recusado pelo velho. Alegou, modestamente, que não estava à altura do cargo. O mito vivo agora vivia isolado, na sua cabana. Cultivava plantas e caminhava despreocupadamente pelo sítio que possuía nos arredores de Anápolis, uma cidade pacata e provinciana, escolhida pela esposa de Albert Einstein por estar o mais longe possível dos centros científicos importantes do planeta.

Elsinha, a segunda esposa, uma mulher feia, meiga e rígida, tratava o velho Albert como uma criança. Elsinha era filha de Fanny Koch, irmã de Pauline Koch, mãe de Albert, e o pai, Rudolph Einstein, era filho do tio-avô de Albert, o senhor Raphael Einstein. Os dois eram bem aparentados. Eram primos, ou de primeiro ou de segundo grau, dependendo do lado, materno ou paterno. Era com essa senhora, prima e esposa do famoso e praticamente senil cientista, que Sandra teria a conversa que, na sua expectativa, elevaria seu *status* de simples repórter desconhecida a famosa jornalista.

Após algumas entrevistas com a velha senhora, a repórter se tornou íntima da casa. Vinha três vezes por semana. Tomava café com a madame Einstein. Às vezes, conversavam até pouco antes do almoço. Depois, ia para a redação do jornal e escrevia sua experiência com aquela família, compondo um artigo robusto e pretencioso. O velho Albert participava com algumas frases deslocadas, em alguns momentos respondia simplórias perguntas de Sandra e outras vezes acomodava-se numa poltrona próximo às duas e fumava seu cachimbo tranquilamente.

Albert sentia os dias em que Sandra não podia ir e reclamava para a esposa a falta que faziam as conversas com a repórter, que se interessara pela modesta vida do abandonado gênio da ciência. Elsinha, sem nenhuma demonstração, mesmo que sutil, de ciúmes, apenas balançava a cabeça afirmativamente. Ao longo do tempo, Sandra deslocou sua atenção de Elsa para o seu marido. Faziam longas caminhadas pelo parque, ao final do dia, sem que a esposa soubesse. Tinham conversas mais profundas sobre o tempo do que as pessoas que se interessam pelo assunto normalmente têm. Falavam de tempo por causa do tempo de que dispunham para ficarem juntos e, por causa do tempo que discutiam, desejavam também controlá-lo.

Mas você não é o maior especialista em tempo que já existiu. Por sua causa ele pode esticar e encolher, agora sabemos disso. Não é bem assim. Há um preço e uma compensação nas mudanças. Veja bem, sou velho, você é jovem. Eu existia antes de você tomar consciência da sua existência. Ou seja, antes de você existir. O tempo que vivi, nem existe para você. Como mudar tudo isso, como manipular o tempo no sentido de que minha vida pode ser esticada? O que equivaleria, sob algum ponto de vista, a encolher a sua. Complicado.

Uma discussão sem fim. Por causa do desejo, o velho Einstein tornou-se o portador de uma carga insuportável. Um exímio conhecedor e um ineficaz modificador da natureza. A sua vida estava no fim. O jovem que havia sido – e que na verdade foi quem transformou a Física, e não o velho que estamos acostumados a celebrar – não existe e não existirá mais. Um novo ano *mirabilis* lhe faria bem agora.

O cientista escolheu Anápolis para a quietude de seus anos, descansando de seus males. Esperava encontrar um mundo diferente do seu, em que não precisasse mais se sustentar de matemática nem ter que se debruçar em responder às muitas perguntas dos jornalistas que o perseguiam. A matemática conseguiu deixar nos corredores de Princeton. Salvo quando ia ao supermercado ou à farmácia e dizia o valor da soma de seus produtos antes que o caixa o ditasse. Por outro lado, não esperava apaixonar-se. A rotina tirou-lhe completamente as expectativas do corpo, do coração especificamente. A moça de olhos dourados fez florescer em seu cérebro o embrião da busca. O velho Einstein enfiou-se em seu laboratório mental e decidiu engendrar uma nova pesquisa. Quase impossível.

O homem desenvolveu mentalmente uma máquina de aperfeiçoar a concentração. Relativamente simples, o objeto consistia em uma gaiola munida de uma série de fontes de campos elétricos e magnéticos, dispostos em posições organizadas de tal forma que estavam todos apontados para a cabeça de um experimentador, cada fonte posicionada no vértice de um enorme quadrado, ou seja, todas perpendiculares entre si. Um amigo engenheiro construiu o equipamento e o velho colocou no centro do aparato uma confortável cadeira, onde passava suas tardes sentado concentrando-se em um tema fundamental. Obstinado, fez o seu *Gedankenexperiment* repetidas e insistentes vezes. Montado em um raio de luz, viajava de pronta vontade para um futuro próximo.

Foi assim que o velho Einstein começou a treinar saltos para o futuro. Desaparecia dos olhos de Elsinha e reaparecia minutos depois. Intensificado pela engenhoca de campos intensos, conseguiu concentrar-se de maneira formidável. Elsinha observava o marido enfiado no quadrado estranho, concentrado de olhos bem fechados, dava uma volta pela casa e depois retornava ao quarto e percebia a cadeira vazia. Onde havia se metido o velho? Logo depois, lá estava ele compenetrado, apertando os olhos e suando ligeiramente devido ao esforço.

Intercalava suas viagens curtas no tempo, graças à sua experiência mental intensificada e ao aparato miraculoso de concentração, com as saídas para conversar com a repórter, que era, agora, franca com relação aos seus sentimentos. Estava enamorada do cientista e não fazia mistério ao declarar-lhe o seu sincero amor.

Einstein começou a dar saltos mais longos. Desaparecia uma tarde inteira. Até que um dia não apareceu mais. Seu objetivo era encontrar Sandra num outro momento de sua vida, com uma idade equivalente à sua, sem avisá-la e concebendo que estariam maduros e livres para se amarem à vontade. Não queria dar um salto muito longo. Apenas o bastante para ser esquecido em seu tempo, já que pensava restarem-lhe poucos anos de vida. Para ele e para Elsa.

O velho cientista encontrou-se num tempo adiante, longe do seu. Olhou a sua gaiola. Estava solitária e sem o aparato de campos. Viu-se sentado em um quarto enorme e vazio. A casa estava abandonada. Nenhum sinal de Elsinha. Caminhou pela rua do seu bairro. Percebeu algumas diferenças leves e outras graves. O parque da praça não existia mais. Um supermercado enorme instalou-se na esquina antes vazia. Sua reação quase imediata foi buscar Sandra em seu apartamento. Pegou um táxi e, por sorte, o dinheiro que tinha ainda era o mesmo de antes. Encontrou uma irmã da moça cuidando do lugar e que lhe contou uma longa história. Sandra não conseguiu viver com a ausência do homem que amou com entusiasmo e, com seu desaparecimento, desesperou-se e definhou até tirar a própria vida, num rompante de tristeza e excesso. Não deixou carta, como é costume nas ações dos suicidas. Uma coisa interessante pôde ser observada pelos que encontraram seu corpo inerte no banheiro do apartamento, a boca roxa e o estômago lotado de fortes medicamentos. Na mão direita, seguro com a força do instante anterior à morte, um relógio masculino, modelo tradicional de emprego diário, sem luxo, funcionando perfeitamente sincronizado com o relógio do homem que amou. Como ele sabia, olhou o seu próprio no pulso e até os segundos tinham o ritmo semelhante. Uma coincidência? Mais certo que se tratava de um grande mistério.

Abandonou-se ao acaso solitário. Andou desolado pelas ruas. Até encontrar-se com um velho conhecido. Um garoto dos correios que o conhecia amiúde por causa das diversas cartas americanas, de outros diversos locais do mundo, que entregava em sua residência. Ficou feliz em vê-lo bem e perguntou o motivo de seu sumiço. O velho não contou detalhes, dissimulou e entristeceu-se por causa do conflito instalado. O garoto perguntou-lhe se tinha visitado a esposa. Einstein ficou surpreso. Admirou-se que a esposa ainda estivesse viva. O garoto disse que agora entregava as correspondências destinadas aos dois no asilo da cidade. E, depois, despediu-se com um aperto de mão muito firme.

Dormiu sozinho no chão de seu antigo quarto e sentiu muito frio à noite. Não chorou, esforçou-se para conseguir. Assim que amanheceu, decidiu ir ao asilo.

Abert Einstein nasceu em 14 de março de 1879, não que faça diferença, mas era do signo de peixes, algum entendedor diria que isso explica seu comportamento distraído, o físico acharia isso ridículo. Elsa Einstein, antes Elsa Löwenthal, nasceu em 18 de janeiro de 1876, portanto, era três anos mais velha que seu primo. Sem dúvida, era uma mulher de grande inteligência e nutria um sentimento de profunda devoção ao marido. O velho cientista encontrou a esposa, quase catatônica, no asilo da cidade. Estava muito velha e já não falava palavra alguma. Precisava de todo tipo de cuidado e se alimentava por uma incômoda sonda.

    Ao olhar a mulher com a qual viveu seus últimos anos, que se dedicou, gratuitamente, a cuidar de seus caprichos, comoveu-se com sua situação. Ela mexeu levemente os olhos em sua direção e não o conheceu. Teve por ela o sentimento que teria por uma mãe. Deixou-a sem proferir dizeres que soariam absurdos e não causariam bem algum. Foi para longe e caminhou até encontrar-se num jardim de grandes árvores e agradáveis sombras. Ali, sentou-se e deixou seu corpo largado por várias horas. Dormiu no chão sem conforto. Ao acordar, começou a resolver-se internamente através de seu experimento mental, buscando a viagem no tempo. Dessa vez queria um salto longo, muito longo, para um futuro distante, desconhecido, onde, talvez, seu nome não fosse mais lembrado e sua importância não fosse mais avaliada.

Abismos

Com sua roupa meio suja e os cabelos desgrenhados, Humberto parece um mendigo ou coisa parecida. O aspecto desleixado não é um costume deste homem. Recentemente, ao colidir em pensamentos com a lembrança do pai morto há mais de vinte anos, desceu aos mais baixos níveis de insanidade conhecidos pelos especialistas. Seu colapso se deu há exatos quatro meses, quando, ao visitar seu porão por causa de uma queda momentânea de energia, obrigando-se da simples tarefa de religar um velho disjuntor, deparou-se com o espectro de seu velho pai bem na base da escada. Congelado, ouviu a voz gutural chamando-lhe pelo carinhoso apelido da infância. "Beto. Meu Beto. Venha." Não pôde acreditar no que viu e, devido à falta de propriedade em manipular os ossos, os músculos e os nervos, deixou-se alcançar pelo fantasma alvíssimo e levemente fedorento. Uma situação inusitada. O rosto do pai tinha forma contorcida e os olhos estavam sulcados para dentro do crânio. Era o morto das histórias de fantasmas em todas as suas minúcias. O tempo que ficou parado foi suficiente para que a nuvem branca definida o contornasse várias vezes, investigando suas características humanas. O espírito confirmou de muitas maneiras ser de fato aquela estátua firme o seu filho muito amado. Sentou-se no primeiro degrau da escada e disse que poderia relaxar, o que queria era apenas conversar.

Quando recuperou o ar, Humberto respirou dez vezes, empurrando com o sopro forte a fumaça malcheirosa que inalou por acidente. Bradou para o pai que fosse embora. Gritou com energia e com decisão imposta pela gravidade da situação. Ordenou ao pai que retornasse ao lugar de onde veio, imediatamente. O espectro estava neutro para as chatices do filho e até meio enfadado com aqueles chiliques juvenis. Esperou um pouco, ouviu todos os impropérios cuspidos pelo homem nervoso e, quando não havia mais vento a ser soprado, nem fogo a ser cuspido, levantou-se para ficar frente a frente com o herdeiro. "Mas agora, depois de tanto tempo?" Humberto, meio pálido e choroso, fazia sua inquisição como uma novidade na vida. Aquilo era algo que nunca havia presenciado, mas que curiosamente parecia começar a dominar. Aprendeu rapidamente que com sua voz mais delicada atingia melhor o ouvido etéreo do morto e, assim, ia concluindo que com paciência poderiam se entender. Era mais inteligente se livrar do pai conversando do que, escandalosamente, exigindo que o velho partisse para fora de sua casa.

Depois de algum tempo, foi Humberto quem deu voltas ao redor do fantasma para garantir que aquela estrutura vaporosa fosse, realmente, a alma imortal e condenada a vagar de seu ausente e avarento pai. Em vida, o filho deixou de entender-se com o pai por diversas razões. Estiveram à beira da violência por causa de suas divergências. Por alguns anos, não se viram nem se falaram. O pai estudou uma carreira para o filho, que ele concluiu com profundo desgosto. Ao final de alguns anos de tortuoso trabalho como advogado, largou tudo, a contragosto do pai, e seguiu a carreira de músico, que era seu sonho desde sempre. O pai não perdoou. Morreu sem deixar qualquer coisa material para o filho. A sua lembrança era de um homem rude, mandão e solitário. Ao refletir o pai vivo, Humberto cessou sua caminhada circular e exigiu que o espectro lhe contasse o motivo de sua vinda. O velho transparente deu uma gargalhada abismal, que penetrou no âmago de seu filho. Um zumbido atormentador assolou o cômodo macabro e os dois ficaram novamente de frente e se encararam nos olhos. Um observando, vivamente, e o outro arremessando sua atenção desde sua mais recôndita e sepulcral morada de morto.

"Minha visita tem uma finalidade muito simples." Disse com voz gutural o velho senhor fantasma. "Não me poupe, diga logo o que veio dizer. Vai me contar que deixou um tesouro guardado em algum baú debaixo da terra de seu antigo quintal? Ou quer me contar, a mando de um ente superior, meu dia de morte? Ou, ainda, veio me dizer que não existe futuro para mim na mansão dos mortos? Ou, isso eu acho realmente difícil, veio me pedir um perdão tardio pelas infinitas vezes em que se comportou como um péssimo pai?" Calou-se, enfurecido, mas prevaleceu em seu comportamento a conclusão anterior de que, com paciência, obteria melhor proveito daquela situação. Um silêncio perturbador tomou o mundo e sequer do lado de fora da casa ouvia-

-se ruído, por menor que fosse. Os ratos, que normalmente caminhavam pela madeira do porão, estavam paralisados e de cócoras assistindo ao teatro familiar. Os morcegos que viviam por ali, indesejáveis, saltaram para a noite, fugindo em temor àquela visão absurda e horrorosa. E depois veio a voz lastimosa carregada com a verdade absorvida no abismo de onde surgiu.

"Saiba, Beto. Meu Beto. Não tarda, não demora o dia, e você será como eu."

Ágata

> A cigarra anuncia o incêndio de uma rosa vermelhíssima.
>
> Dalton Trevisan

Ágata era astróloga. Não era do tipo que desvenda o futuro através da observação dos astros. Tinha uma formação rigorosa, segundo ela. Fabricava mapas astrais sob encomenda. Via nas pessoas, antes de tudo, uma possibilidade de investigação. Perguntava o signo antes do nome e, se a conversa desenrolasse, seguia perguntando o dia do nascimento, a hora, o local e tudo que pudesse servir para uma investigação minuciosa da sua vida sob a influência dos planetas e das constelações. Defendia que a matemática era um caminho seguro para que ela se tornasse uma grande porta-voz da astrologia.

Duas vezes por semana, Ágata se enfurnava na Biblioteca Municipal e lia sobre psicologia, sociologia, teologia, matemática e ficções diversas. Levava material extra para casa e mantinha uma rotina dedicada de pesquisa. Acreditava em uma possibilidade pessoal de se tornar uma astróloga famosa e, esperava intimamente, de ser também uma inovadora para a área desacreditada e gasta. No tempo livre, escrevia artigos, que não publicava, sobre como pessoas levianas transformaram a ciência da astrologia em algo banal e ridículo. Uma técnica das adivinhações, dizia. Como defesa, levantava o episódio bíblico dos três reis magos, do Novo Testamento, que se intitulavam astrólogos. Desconhecia categoricamente a longa anedota conhecida como "A vida de Brian".

Sob a égide do conhecimento adquirido, influenciou um político supersticioso que acreditava em todas as fábulas escritas por ela. Ágata tornou-se conselheira – depois de muito demonstrar competência em acertar sobre eventos futuros – do prefeito de sua cidade. Com o tempo, tinha em sua casa um escritório bem montado, mapas astrais complicadíssimos sobre o panorama da política local, baseados na influência dos astros sobre a vida do prefeito. Trabalhava em tempo integral como uma espécie de funcionária pública municipal de caráter especial. Se um problema surgia, o líder político se consultava com ela e logo nasciam rotas, caminhos, estratégias, métodos, tudo muito bem organizado em uma matemática de probabilidades bem definidas sobre o que fazer e o que não fazer para atacar a dificuldade apresentada. Em pouco tempo, a astróloga tinha mais poder para executar que o próprio governante.

A vida estava repleta de maravilhas. Dinheiro para todos os caprichos. Livros à vontade. Para esconder o absurdo que era ter uma astróloga como conselheira, o prefeito nomeou Ágata como diretora da Biblioteca Municipal, para dar sentido ao pagamento de um salário. É claro que a conselheira recebia muito mais. O cargo era conveniente. Podia ler o quanto quisesse e ainda dispunha de muita folga para os mapas. Com o tempo, a mulher percebeu que possuía um conhecimento vasto sobre o assunto e que tinha o dever de ampliar a sua ação. Pelo menos no município, as pessoas precisavam tomar conhecimento de como suas vidas eram determinadas por forças que elas desconheciam. E que, uma vez conhecedoras de seus destinos, teriam muito mais facilidade de se tornarem pessoas melhores e melhorar a vida dos outros.

Exerceu sua influência e convenceu o prefeito a apresentar um projeto de lei em que obrigava todas as pessoas a solicitarem um mapa astral de suas vidas, sob pena de multa e com a justificativa de que a nova ciência, redescoberta por uma cientista local, garantia qualidade de vida e expansão do bem comum para todos os cidadãos. No começo o prefeito ficou meio reticente. Seus assessores o desaconselharam a realizar uma ação de duvidosa confiabilidade. Mas Ágata adestrou o homem com uma previsão sinistra sobre sua carreira se o seu intento não fosse amplamente executado. O prefeito mostrou para seus apoiadores a força política de sua ideia e disse que a crença popular era seu maior trunfo. O povo acredita no poder do sobrenatural, eram suas palavras de sonâmbulo convencido, e não as tirou de seu conhecimento estratégico, mas tomou-as emprestadas da boca de Ágata, que as proferiu muito convincentemente na última reunião que tiveram.

Deu-se assim a ascensão da astróloga. Tornou-se muito segura de seu conhecimento e instruiu as pessoas da cidade em sua nova rotina de entendimento da vida baseada na predição dos astros. Curiosamente, o povo todo aderiu ao protocolo de comportamento estabelecido pela lei e que era provido sistematicamente por Ágata em seu escritório particular agora localizado em uma gloriosa sala no edifício da prefeitura. Cheia de conforto e recursos. Do alto de sua importância, desconhecendo sua verdadeira estatura, iniciou uma sequência de previsões sobre o futuro do prefeito que o transtornou profundamente. Disse-lhe, categoricamente, em uma de suas reuniões com portas lacradas, que ele perderia seu cargo, em breve, para uma pessoa próxima e que seria traído pela esposa. O político ficou paralisado e ela o deixou sozinho digerindo a massa grossa e nodosa que era aquela informação inoportuna. O homem enrijeceu os músculos, teve um mal súbito aterrador e o suor frio inundou suas roupas bem cortadas de prefeito. Foi acudido pelo segurança depois que a secretária, aos berros e aos prantos, pediu ajuda urgente. Ao retornar do hospital, dois dias após o incidente, convocou seu homem de confiança para um serviço perigoso.

Ao decidir matar a astróloga, o prefeito sabia que declarava guerra à mulher e ao povo de sua cidade. Ágata nunca estava só. Atendia o dia todo em sua grande sala e seus assessores gastavam todo o horário de trabalho manipulando os mapas astrais que eram desejo dela. Precisava de todo o material necessário para ordenar a vida das pessoas que confiavam em suas seguras orientações. Depois de diversas tentativas, o prefeito decidiu, em sua loucura incontrolada, por causa da mágoa consumidora que sentia, e pela desconfiança de que sua mulher vinha tendo encontros escondidos com um estranho, que ele mesmo mataria a astróloga.

Durante a inauguração de uma praça pequena, que levava o nome de uma parente antiga do prefeito e pioneira na cidade, Ágata surgiu no palanque e sentou-se próxima ao púlpito. O prefeito perdeu o controle. Ficou demasiado nervoso. Sua esposa percebeu e tentou acalmá-lo. Conseguiu piorar a situação. Sua proclamação ficou entrecortada e uma gagueira inédita o assolou como uma doença que se instalou instantemente e consolidou-se muito rápido. Ao terminar, o povo pediu que Ágata falasse. Ele consentiu e ela se levantou com bastante altivez e sobriedade. Ninguém esperava, a mulher tinha um papel dobrado que retirou do bolso. Era um discurso. Propagou em minutos seus interesses futuros, deixou claro que tinha planos para a cidade e seus habitantes. O prefeito se enfureceu. A loucura o consumiu. O ciúme se apossou de sua mente e de suas mãos. Tomou de assalto a arma de seu segurança e apontou para o peito da astróloga. O povo gritou, chorou, se estremeceu, e acudiram brutalmente a mulher que tinham em grande estima. O prefeito foi controlado já no chão. Berrava e sangrava enquanto dirigia impropérios difíceis de entender para Ágata, que estava acomodada nos braços de alguns e fazia cara de vítima e de condescendência.

O prefeito ficou arruinado. Suicidou-se na cadeia após cumprir um mês de sua pena por tentativa de assassinato. Ágata candidatou-se à prefeitura da cidade e venceu. Era adorada por todos.

A prefeita tornou-se uma espécie de santa viva. Resolvia todos os problemas de seus cidadãos pessoalmente. Cumpria uma agenda esgotante e o dia era pequeno para conseguir resolver tudo a que se propunha. Seus estudos tornaram-se mais escassos e agora obtinha conhecimento por meio das entrevistas que tinha periodicamente com as pessoas da cidade. O povo não dava um passo sequer sem consultar a prefeita. Ela dirigia a todos, um por um, respondia centenas de e-mails e atendia a mesma quantidade de telefonemas. Recebia pessoas às dúzias em seu gabinete. Com algum tempo de gestão, já entendia que tinha absoluto poder sobre os cidadãos, sobre todos eles. Sua presença alterava os destinos. Ela tinha o poder de conduzir comportamentos, de estabelecer direções, de dirigir mentes. Os seus seguidores acumulavam-se aos montes na entrada da prefeitura. Para falar com a astróloga, filas eram feitas todos os dias e as entradas organizadas com sistemática ordem. Alguns queriam apenas apertar-lhe a mão. Outros se contentavam com um toque no ombro ou com um olhar rápido em sua direção. Hoje ela me cumprimentou. Segundo Ágata, era a matemática da aproximação que determinava os comportamentos. Com isso ela queria dizer que o encurtamento da distância relativa entre ela e seu fiel seguidor era o fator responsável pela nova rotina imposta. Ela tinha poder.

Não foi o bastante. As pessoas aglomeravam-se às centenas. Umas por cima das outras. Uma turba perigosa e desorganizada. Queriam tocar o corpo da astróloga. Sentir sua roupa em suas mãos não era suficiente, desejavam a pele. Desejavam melhorar acima de qualquer coisa. Queriam sua interferência. Ágata passou a atravessar a multidão tocando as mãos de quem as oferecia a ela. Nos dias que se seguiram, essa tarefa tornou-se quase impossível. Era massacrada pelo desespero dos que não conseguiam tocá-la e sentiu a violência sob os mais próximos. Isolou-se em seu gabinete. Os seguranças mantinham a ordem. Até que a força da multidão rompeu todas as barreiras que a guardavam solitária. As pessoas acessaram seu claustro e, sem parcimônia ou pudores, a arrancaram de sua suntuosa cadeira, a tomaram nos braços e devoraram completamente sua carne. Saciaram a necessidade que tinham de seu corpo, famintos, ingerindo cada pedaço e saboreando com exagerado apetite. Guardaram os olhos.

Anjos caídos

> *Ouvi que ali gemiam, padecendo,*
> *os réus carnais, aqueles que a razão*
> *ao apetite andaram submetendo.*
>
> Dante Alighieri, *Divina Comédia, Inferno*, Canto V, 37-39

Era uma tarde de janeiro, e janeiro é sempre triste, para ser sincero. Mas, como o dia precisava terminar, romperam do céu as oportunidades. São muito bem-vindas, nessas horas estranhas, as chaves que destravam portas, que normalmente estão fechadas para muitos. Eu não fazia parte do grupo, mas cada indivíduo me considerava um amigo. E todos me olharam quando o rubro no horizonte se agigantou. Eu mesmo não queria a responsabilidade, mas tinha muito de mim impresso na solução dos problemas dos outros e, como a maior parte daquelas pessoas chorava ao meu redor, me virei para o poente com alguma sensibilidade. Pedi que se sentassem sem demora e que ficassem quietos para ouvirmos juntos o refrão do fim do mundo, como fora anunciado nas escrituras sagradas. Eu também não sou um garoto de fé e, naquele momento particular, não esperava que do firmamento brotassem magicamente os instrumentos que desejávamos, para eliminar, de uma vez por todas, nossas amarras com o inimigo comum. Para mim não era Deus, ou algum demônio muito mal-intencionado, era apenas a natureza provocando as gentes com suas mudanças repentinas. Mas, desta vez, condensada em um intervalo muito ínfimo, se comparado a toda a história da Terra e dos seres vivos que resistem.

No dia anterior, éramos apenas observadores do poente. Ainda não tínhamos a certeza de que daquele astro, que todo santo dia morre, viria a solução. Estávamos plantados no chão seco havia muitos dias, nem me lembro quantos. Imagino que, pouco depois de nascermos, nossos pais nos plantaram ali para que criássemos raízes, penetrantes e firmes, e para que elas alimentassem a terra. Uma esperança de reavivamento do que já, evidentemente, era fóssil. Eu fui fincado à frente de todos, para ver o céu vermelho primeiro. Alguns entenderam que meu choro muito intenso, ao nascer, e por ter demorado três dias para apresentar-me pronto para a vida e, finalmente, arrancar um fôlego definitivo do fundo dos meus pulmões para compor as entranhas jovens, foi definitivo para a minha escolha como sacrifício inicial. Logo depois, os outros pais doaram, à terra infértil, os seus filhos, também muito novos, que não ofereceram resistência alguma. Os pequenos são subservientes e frágeis.

As raízes vieram e os muitos pais tiveram a esperança de fazer ressurgir a clemência de Sakaky. Aquela multidão de meninos, fortalecidos pelo sol e pela ira, fizeram nascer da base de suas colunas uma cauda kundartiguadora fina e resistente que se apossou da terra como semente e antena, e fez brilhar nos cenhos uma porção de lanternas azuis e amarelas, que emitiram uma onda vibrante de esperança. O túnel do mundo destruído em que vivíamos agora estava iluminado para dirigir todos os desgraçados para a união auspiciosa no templo de nossos pais. Eu possuía uma luz vermelha, que tinha a característica bizarra de entrar em ressonância com a luz do poente. E foi daí, desse disparate místico, que veio a chave.

Não sei quando surgiu em mim o egoísmo. Também não posso garantir que os outros meninos cultivavam igual sentimento. Mas, quando se achegaram a mim, até o seu limite, respeitando o meu círculo mínimo de conforto, percebi que desejavam o mesmo que eu. A música se intensificava em nossos corações. Os que choravam, imitavam a sinfonia. Eu estava à beira de livrar todo o povo da desventura. Então ergui minhas mãos para cima e tentei tocar a plenitude do firmamento. Minhas raízes impediram, mas não era necessário. A chave veio até nós sem escolher um portador. Começou com umas pequenas gotas bem frescas. Caíram na minha testa, pois eu olhava para o céu quase cego de euforia. Minhas pupilas apertadas reconheceram uma mudança que aconteceu muito rápido. O infinito azul, que desaparecia avermelhado pelo sol que se escondia, tornou-se um telhado cinza e tenebroso. E veio o que nunca havíamos visto antes. A chuva.

Por dois longos dias vivemos numa espécie de lago de lama e resíduos. Nossos corpos absorviam uma espécie de vida diferente. As carcaças franzinas que possuíamos transformaram-se em colossos resistentes, magnânimos. Passamos para outro nível. Viramos adultos. Mas o que nos prendia ao solo, penetrou bem mais fundo, mais convicto e, emprenhados da terra, gestamos em nossas mentes os frutos do futuro. Depois o plasma condensado desceu para os testículos e nossos pênis, antes flácidos, enrijeceram para nunca mais murchar. As filhas dos nossos pais, que se ofereceram para gerar a nova prole redentora, vieram para nos sugar. Estávamos apaixonados por essas criaturas impossíveis e tivemos a nossa iniciação na força. Nunca mais esqueceríamos a felicidade que foi a capacidade de tornar-se um, unidos por nossas massas rígidas às saliências perfumadas, com aqueles seres inefáveis.

Por alguns dias elas vieram, faceiras, insinuantes. Vivíamos nus naqueles tempos e o silêncio perturbador, que tomou conta do mundo, nos excitava mais que a música que antecedeu a queda da chave inicial. Aquelas ninfetas poderosas nos possuíam, enquanto nós, gradativamente, nos esvaziávamos de nossos fluidos e de nossas sementes. Quando janeiro terminou, nós éramos apenas árvores secas decorando a planície verde que se formou. O adeus veio de longe e, antes que pudéssemos ver surgir a protuberância em seus corpos, as doces criaturas migraram para um lugar distante e desconhecido por nós.

Fracos e felizes. Repousamos nossos corpos na terra. Sentados, contemplamos o horizonte avermelhar e recapitulamos nossas dores do passado. Restou dormir o sono dos justos. Um novo dia surgiu sem que tivéssemos as nossas caudas. Os cordões de carne e pelo decompunham-se na lama meio seca no chão de nosso claustro. Podíamos retomar o desejo de liberdade. E nos tornamos todos egoístas outra vez. Era um sentimento comum e eu sentia que ele vibrava em todos os homens plantados, em uníssono. Mas vieram as máquinas e não entendemos nada. Um a um fomos arrancados da terra por uma imensa e eficiente escavadeira de metal.

Benedito

De repente, sem se anunciar, assim como naquela tarde chegara a Morte, a noite caiu.

Fernando Vallejo, A Virgem dos sicários

O impacto que é possível causar a um adversário é proporcional ao ódio que você sente por ele. Deveria ser. Mas é claro que isso é insustentável na prática. Todos sabem que o ódio proporciona um certo desequilíbrio emocional, e isso é por demais ineficiente na hora de causar dano. Um inimigo inteligente pode, facilmente, perceber o descontrole de seu oponente e usar esse fato em seu favor. Foi dessa forma que se deu o infortúnio de Benedito. Hoje, todos sabemos que seu erro foi fatal. Em seu velório, as bocas miúdas criticaram sua falta de equilíbrio, suas mazelas com os filhos, com a esposa, com seus clientes. Um desperdício! Dizia um. E agora, como irá se virar a mulher para cuidar dos filhos? Ele não pensou na família. Dizia outro. E esse discurso de correção permeou as horas que precederam o despacho de Benedito. A mulher se recusava a ouvir, mas a crítica transformou-se numa nuvem cinza, fustigante e imprecisa, que pairou absoluta pelo cômodo principal da casa, a sala, onde tinha como móvel principal, em seu centro, o caixão simples do infeliz defunto.

O caso se deu no dia anterior. É claro que Benedito devia ter seus motivos. Vinha nutrindo um rancor avassalador pelo proprietário de sua casa – a quem denominava desdenhosamente de *o proprietário*, simplesmente. Uma semana antes de sua tragédia, o velho negociante apareceu em sua porta pedindo adiantado o valor referente a um mês de moradia. Benedito disse que era cedo, ainda não tinha recebido o salário. O homem foi categórico. Ou paga, ou sai. Isso deixou o Bené – para os íntimos, se existiam – meio angustiado. Não disse para a mulher e andou muitos dias cabisbaixo. Como diz o dito popular, desgraça pouca é bobagem. Uma sequência de adversidades tornou a vida desse homem mais complicada do que é possível – mesmo com uma mente criativa, escultora de tragédias literárias – imaginar. O carro fundiu o motor. A mulher estava novamente grávida. A filha adolescente perdia mais um ano na escola por falta de notas suficientes para ser aprovada na maioria das disciplinas. A verdura na geladeira estragou antes da hora. Sua costumeira cerveja de fim de dia tornou-se amarga, de uma forma nada agradável. Sua mulher o beijava menos amorosa e os filhos pediam dinheiro de um jeito pouco carinhoso. Era uma carga infinitamente pesada que se depositava sobre os seus ombros outrora robustos.

As noites viraram longos períodos de amargura imposta. A televisão não interessava, pois essa diversão já estava datada. Optou por caminhar de madrugada pela quadra e pela praça. Olhava as janelas fechadas e imaginava o interior das casas, escondido pelas cortinas grossas, e parecia que tudo que não via era melhor que o que ele tinha, ou o que poderia vir a ter com sua, agora, medíocre vida. Uma dor inédita veio crescendo do estômago e ancorou na boca, debaixo da língua. Não conseguiu falar, nem gritar, nem chorar. Na rua, próximo à sua humilde casa, percebeu-se sozinho, desesperado e entrando em completo colapso. Esfriou como algo que muda depois de acionado um botão de desligar. Um ódio cresceu com essa ruptura e um plano foi se construindo em sua mente pouco criativa. "Eu só posso matar esse desgraçado." Pensou. E foi isso que decidiu fazer. Esperou o dia amanhecer e rumou decidido para a casa do proprietário. O homem que iniciou a onda de desventuras que se infiltraram, metodicamente, na vida de Bené. Esse que agora se elevou à categoria, pessoal, de herói.

 Agora temos um defunto, outrora homem vivo e ativo, que foi introduzido nessa condição por uma bala muito eficaz, que atravessou seu peito inadvertido, sem que se desviasse conscientemente do coração e, portanto, desfez-se da massa e dos amores que estavam rigorosamente acondicionados no miolo daquele órgão frágil. O proprietário da casa foi para a cadeia por isso.

 Durante o enterro choveu. A comitiva que acompanhava o caixão ainda se questionava sobre o incidente da morte de Benedito. É uma questão demasiado delicada, o leitor há de refletir comigo. Nem todos os detalhes foram ditos, mas a verdade é que Bené, depois que voltou para casa, não esperou o dia amanhecer. Deu um beijo na mulher e nos filhos, nos três filhos, a menina e os dois meninos mais novos, e caminhou, de mãos vazias, até a casa do proprietário. Saltou o muro furtivamente, fez algum ruído, mexeu na janela, mexeu na porta. É claro que esse ruído aguçou a desconfiança do homem, que percebeu que havia alguém rondando a casa. Ao sair, se deparou com o seu inquilino. De posse de seu revólver, atirou sem pensar e atingiu Benedito direto no peito. Nosso parco herói morreu na hora. O homem não tinha visto quem era o bandido e achou que fazia um grande favor; achou, na verdade, que estava se defendendo de um mal iminente. Muita gente vai querer dizer, e pode até ser que sobre algum aspecto tenha razão, que Benedito premeditou essa situação para que, inadvertidamente, o seu adversário lhe atirasse a bala e ele, com isso, conseguisse, num óbvio suicídio, uma morte fácil. Outras pessoas vão dizer que ele tinha a intenção de saltar sobre o corpo do inimigo e sufocá-lo com as duas mãos agarradas ao seu pescoço, fazendo com que o homem, depois de algum tempo sem respirar, ficasse completamente imóvel e fraco e definitivamente morresse, delicado e frágil entre seus dedos, pelos seus punhos. Que história complicada.

O caso todo é que Benedito tinha de si mesmo uma visão muito equivocada. Por conta dos eventos que aconteceram com ele, chegou a uma conclusão, íntima, que era a seguinte: ele achava, ou ele achou, que era completamente invisível. Ele não podia ser visto por ninguém, uma vez que ele era uma pessoa sem a menor importância. Assim, quando Benedito invadiu a casa do proprietário, ele o fez imaginando que em momento algum poderia ser visto. Uma vez não sendo visto, uma vez sendo invisível, ele poderia matar facilmente seu algoz.

Indelicado o pensamento de Bené sobre si mesmo. Indelicado o pensamento de Benedito sobre o seu ato de heroísmo. Indelicada, sobretudo, a forma como ele terminou sua história de desastre. Depositado dentro do ataúde, calado, equivocado, desprendido de responsabilidade, pronto para a decomposição solitária, o descanso dos merecidos, tinha ainda um indelicado sorriso reprimível e orgânico, que manteve no rosto enquanto todos os poucos e indignados conhecidos o viam pela última vez.

Caronte

Bebeu uma dose de uísque, não era seu costume. Limpou a boca com as costas da mão e pagou a bebida com uma nota grande. Não esperou o troco. A hora já vinha adiantada. Precisou correr para alcançar o trem. Sentou-se no fundo do vagão e dormiu com o chapéu no rosto.

À noite estava em casa, aquecendo-se na lareira, com a cabeça no colo da esposa e um dos meninos a chacoalhar em suas pernas. Fez amor de madrugada e não falaram palavra. Os olhos contaram o longo amor que sentiam um pelo outro desde o tempo prematuro de suas vidas, em que se iniciaram juntos e não se perderam em outros corpos após. No início da manhã partiu sem grandes lamentos e deixou o dinheiro das despesas no armário da cozinha. A mulher o olhou de longe enquanto ele sumia na estrada.

De trem foi para outra cidade. O trabalho exigiu. Ao descer na estação, um garoto lhe entregou um panfleto de propaganda. Uma peça de teatro no centro, uma novidade. Na folha, ele leu com dificuldade, um poema confuso, aterrador e diferente. Depois leu o nome, Dante! Orgulhou-se de saber que aquele não era um nome de conterrâneo. Das linhas que leu, gravou um pequeno trecho:

> E eis que, num barco, um velho, com nevadas
> barbas, perto de nós apareceu,
> exclamando: "Ai de vós, almas danadas!"

"Ai de vós, almas danadas!", repetiu em pensamento. E depois repetiu e repetiu novamente. Fixou na cabeça cansada a mensagem.

No bar, pediu água e tomou quase sufocando, meio desesperado, meio apressado. Depois, pediu uísque, duas doses. Tomou lentamente, ao contrário da água. Refletia sobre a imagem do barqueiro do poema. Pagou a quantia exata pela bebida. A água era de graça, como costuma ser nessa cidade, para executar a importância da boa-fé dos habitantes e os preceitos das atitudes cristãs convencionadas.

Foi para a igreja fazer sua oração costumeira, uma que antecede a execução de seu trabalho. O rosto suado e brilhoso, a cor intensa de seus olhos benevolentes, as marcas de giz na boca machucada e o chapéu sujo de terra na direita, a outra, gêmea, imprecisa, enfiada na cova. Com tudo isso organizado no corpo de homem, observava a santa de gesso, ruída, à direita do sacrário. Um silêncio tenebroso antes do verbo. Ao redor, os bancos de madeira em cima do chão de terra batida, meio calçado com pedras lisas, meio desgastado por joelhos. A santa calada. Os olhos do homem, gemendo, aguardando a hora da fala. A base do altar meio inclinada e o Cristo levemente pendendo para a frente, na iminência de debruçar-se sobre o padre. A missa prestes a iniciar e meia dúzia de crentes absortos pela dureza da vontade e insistência da culpa, assim como é de costume comportarem-se os assíduos dessas paragens tão longínquas.

– Virgem Santa. Serviço é serviço. Esse é o meu. Queria contar pra senhora que esse mereço. É por justiça! Mas não seria verdade. Vou, pois tenho mulher e filhos. Precisam comer. Emprego é um luxo aqui nesse mundo, a senhora sabe. Come quem pode. Meu braço é saudável. Uns podem matar e outros, por falta de opção, sabem morrer.

E rezou uma Ave-Maria com fervor e o suor escorrendo pela cabeça, depositando-se nas costas desde a nuca. Levantou-se, pois o padre tinha os olhos em brasa. Sua presença incomodava mais que os baderneiros frequentadores de puteiros que pouco apareciam, mas tinham o hábito esperto de depositar dinheiro na caixa de ofertas. Foi-se pela porta de lado para não topar com os outros poucos fiéis que chegavam pela porta principal.

O caminho custou-lhe a força do corpo, pois era longe e o sol castigava o crânio quente coberto. Mas chegou tranquilo à casa do patrão que ficava na beira do rio. Olhou para a porta e sentou-se na varanda calado. Sabia que não devia bater. O horário combinado para o encontro ainda não chegara. As horas se arrastavam de maneira cruel, isso para quem precipita-se dolorosamente para a ação que pretende realizar por dura obrigação. Ao encontrar-lhe, o patrão deu a ele as instruções.

– O homem é um pescador. Vive a uns três quilômetros rio abaixo. Basta seguir à margem e, quando o vir, não terá dúvida. O serviço é fácil, vai ver. O pagamento vai com outro. Não se preocupe.

Seguiu caminhando lentamente. Deixou que passasse o tempo e que o dia alcançasse sua melhor hora para as coisas que não devem ser presenciadas. Repousou numa cabana de palha, com telhado grande e uma boa mesa de madeira para se fazer uma saudável refeição. Comeu. Cochilou na cadeira. Bebeu uísque ruim e pensou na frase do poema de novo. "Ai de vós, almas danadas!" Somos todos, todos! Almas danadas. Se não uns mais que outros, mas somos todos!

A luminosidade ficou parca. Ele desceu para encontrar o pescador. Segundo lhe disseram, era nessa hora que o homem retornava da pesca, com seu barco simples e os apetrechos de trabalho. Rede, varas e linhas, a tralha toda. Talvez com muito peixe, se foi um dia de sorte. De onde estava, descendo para a praia, viu o barco aproximando-se. Não era grande. Podia levar, além de alguns quilos de peixe, mais umas seis ou sete pessoas. Não viu o pescador. Estava do lado oposto arrumando a corda. Correu para perto e ficou acocorado num morrinho amparado por um pequeno monte de matos mais alto. Viu que se aproximou o homem e o terror tomou-lhe o corpo inteiro. O suor devastou o seu rosto e ele tremeu as mãos a ponto de deixar a arma afundar-se na terra úmida. Era um velho muito magro, alto, de barbas terrivelmente brancas. Era o barqueiro. O barqueiro do poema. Seus olhos cansados e doentes pareciam dizer, com uma certeza alarmante e a experiência de uma vida infinita: "Ai de vós, almas danadas!".

Carta ambígua

Desde que foi tomado por uma inexplicável obsessão por literatura, Joaquim Vasconcelos tornou-se uma vertente poderosa de inconsequentes ações descabidas. Eu não sou seu biógrafo contumaz, vi-me impelido a escrever esta carta para a família como uma compensação pelos anos de abandono aplicado por esse miserável homem aos seus idosos pais.

Compensação: 1. ato ou efeito de compensar.
2. qualidade ou estado de igual; equilíbrio.

Era por livros velhos e quase esfarelados que conduziu gradativamente sua busca alucinada. O que procurava? Não há registros em seus blocos de nota, todos acumulados em uma gaveta de criado-mudo do quarto vaporizado pela angústia, presos por grandiosos clipes de papel, cinza e dourados, envelhecendo ao estilo dos mesmos livros que investigava, pois tudo isso já vinha acontecendo há décadas.

Sua morte é inexplicável. Joaquim morreu nos braços da bibliotecária, enquanto pedia mais um tempo de vida. Veja, não há exageros aqui. Tudo isso é literal. Joaquim disse categoricamente: "Agora não! Preciso de mais tempo. Dá-me mais tempo". Mas morreu de maneira fulminante, enquanto, de olhos bem abertos, seu coração mastigava o ritmo acelerado do minuto anterior até tornar-se uma rocha dura e fria.

O que buscava? Queridos pais do Joaquim. A resposta é: "Eu não sei!". Nossos últimos encontros foram fragmentados e sua desvairada loucura me surpreendeu. Confesso que tive medo e me afastei num primeiro momento. Até que me recompus e pude reconhecer a necessidade de um amigo. Demorou algum tempo.

(Eu não sei!) É claro que eu sei algo sobre a loucura de Joaquim e de sua busca. Não parece, pela carta, que eu tinha intimidade com o pobre, mas o fato é que éramos muito ligados. Nos últimos meses me afastei por conta de ter que viajar longas distâncias para cumprir obrigações do cargo da empresa de seguros na qual eu trabalho. Mesmo assim, todos os finais de semana eu estava na casa de Joaquim, organizando aquela papelada em todas as porções emboloradas que me cabiam arrumar. Livros roubados, livros emprestados e livros comprados. Eu digitava textos enormes que ele ditava. Eu realmente não sabia para que serviriam, mas ele tinha uma ideia. Parece que a composição aleatória de textos em diversas línguas de temas concentrados – uma carga formidável – em tópicos espirituais, sobretudo aqueles que tratavam do poder da mente, levaria, sob uma específica ótica, à descoberta de uma chave funcional para interpretar um texto magnífico que Joaquim reservou e que declarava ser a porta para o conhecimento da vida eterna, literalmente a fonte da juventude. Segundo Joaquim, "*In fontem iuventae*".

Inventou uma sinistra obsessão pelo abismo e dizia, em alucinações que acompanhei com muita proximidade, que havia um contrato íntimo entre ele e o ser obscuro que comandava o submundo universal. Depois de controlar seus impulsos febris – que combinavam um surto de gritaria e choro com um desejo, impulsionado pelas suas mais escabrosas leituras, de sair pela rua correndo como um louco –, eu pude analisar seu trabalho depositado muito desordenadamente em sua enorme e velhíssima escrivaninha. Numa folha eu li:

A melhor forma de expulsar o diabo, se ele não se render aos textos das Escrituras, é zombar dele e ridicularizá-lo, pois ele não suporta o desdém.

Martinho Lutero

Não seria possível que sua busca pelo desconhecido houvesse se cruzado – muito convenientemente numa encruzilhada acadêmica – com o diabo das religiões. Estava sujeito às vontades inconstantes e aleatórias de um delírio singular transformador e de força altamente destrutiva. Outra frase, muito irregularmente escrita, se escondia entre desenhos grotescos e assustadores. Esta dizia:

O diabo... esse espírito orgulhoso... não suporta ser alvo de chacota.

Thomas More

O que o diabo fazia ali?
Gostaria de acrescentar a esta carta, se me permitem os queridos pais do meu angustiado amigo, que meu ami-

go de antes, o filho querido de vocês, já não existia mais. O que restava era um amontoado de carne e ossos, numa estrutura débil, totalmente absorvida pela demência, um cérebro esgotado, decadente e com um olhar profundamente absorvido pelo terror, distante.

Dias antes de sua morte, o fornecedor de papéis e todo tipo de material de escritório de Joaquim, o velho Avelar, veio trazer uma resma de papel sulfite e meia dúzia de lápis, a encomenda semanal de seu filho, e se deparou com uma cena sinistra, que não absorveu muito bem. Joaquim vomitava do alto de um armário de livros, na sala, e dizia que tudo aquilo que saía de seu interior se transformaria em letras, em seguida em palavras que comporiam um livro nunca antes visto e cujo conteúdo seria a nova revelação para os humanos de coisas que viriam a acontecer e de um paraíso inusitado, habitado apenas por singulares seres escolhidos por sua capacidade de sobreviver ao tempo e às intempéries naturais. Não demorou para que Avelar deixasse tudo o que havia trazido em um lugar qualquer e fugisse sem cobrar o valor acertado pela compra.

De fato, alguma coisa aconteceu com a matéria orgânica que fora despejada, de dentro de meu amigo, no chão da sala. Empesteou todo o ambiente com um horrível e nunca antes sentido cheiro abismal. Demorei o resto do dia limpando aquilo para que o lugar exalasse, novamente, o agradável odor de antes.

Se o homem genial que foi o filho de vocês descobriu algo formidável, não sou capaz de afirmar. A sua loucura se incumbiu de aprisionar a sua descoberta em seu interior, cuja clausura também era a da sua mente perturbada.

Despeço-me dizendo a vocês que fiquem tranquilos. Rezem pela alma de seu filho, meu amigo, se desejarem. Aqui neste mundo ele não participa mais de nossas conferências diárias nem se ocupa de carregar entre um corredor e outro, entre um ambiente e outro, seu corpo decrépito. Mas garanto, ainda posso ouvir um sussurro matutino de sua voz metálica de pré-ruptura com a vida me convidando para adentrar e ser membro de uma sociedade profundamente hermética e seletiva.

> Sociedade: 1. agrupamento de seres que convivem em estado gregário e em colaboração mútua. 2. grupo humano que habita em certo período de tempo e espaço, seguindo um padrão comum; coletividade.

Preciso terminar esta história fazendo uma difícil confissão. Realmente, não sei se tantos detalhes trarão paz ou tempestade para o lar dos pais de Joaquim; são pessoas sensíveis. Mas a verdade, pelo menos parcialmente contada, deve ser mais transformadora e melhor do que uma mentira absurda sobre o estado de um homem fatalmente enlouquecido. É triste que tenham que guardar na memória essa última imagem, mas, usarei um clichê, fiz a minha parte. Agora leia com atenção, esta é a minha confissão: depois da morte de Joaquim, guardei o veneno que eu vinha colocando sistematicamente em sua bebida num local impossível de ser descoberto. A bibliotecária nunca suspeitou. Antes, muito antes, Joaquim me deixou a par de sua fantástica descoberta, da sua surpreendente pesquisa sobre o rejuvenescimento e a imortalidade. Eu sei exatamente como tornar-me jovem e não morrer nunca. Aliás, é a coisa que mais sei fazer nessa vida. Repeti a fórmula tantas vezes, desfiz tantas rugas em mim na companhia de meu amigo, que nem preciso anotá-la, sei cada palavra de cor. O fato mais importante desta terrível confissão, agora que a culpa me esmaga, é que a descoberta de meu tristemente enlouquecido amigo, por mim, diga-se a verdade, não pode ser passada adiante. Ninguém deve viver para sempre, sobretudo jovem!

Condenados

Foi numa tarde de maio. Não, foi numa manhã. Sem dúvida, foi numa manhã de maio. Eu plantava uma muda de manjericão no jardim, sem muita convicção. Minha esposa havia predito que a plantinha morreria no final da semana, era uma segunda. O noticiário anunciou que uma praga começava a assolar o mundo e em breve bateria em nossas portas. Eu e Jacinta – Jacinta é o nome nada comum da minha esposa – estávamos ocupados no jardim e ouvíamos as notícias pelo rádio, como é nosso costume. Tínhamos um entendimento similar de que não ver os jornalistas falando tornava a informação mais confiável. Mesmo assim, não nos convencemos do perigo e, por isso, não nos alarmamos.

Dias se seguiram sem que a praga chegasse em nossa cidade, mas o mundo tornava-se cada vez menor, com todas as pessoas isoladas em suas casas e as ruas vazias, como nunca antes visto. Sem os carros e as pessoas transitando pelas cidades, elas pareciam grandes cemitérios. Desolados, os grandes monumentos, que não eram mais visitados, não tinham mais função para existir.

A praga era uma ideia. Ninguém tinha exatamente a extensão de sua ação. Os hospitais estavam lotados por causa dos doentes, que apresentavam todos os tipos de sintomas possíveis. Não havia como prever a novidade que surgiria. E como as pessoas morriam aos milhares, optou-se pelo isolamento incondicional. Em pouco tempo, as notícias eram contaminadas pelas opiniões pessoais de cada um, uma vez que os grandes noticiários desistiram de manter suas atividades comuns.

Alastrou-se, em todas as mentes, uma informação ordinária: fazer sexo compulsivamente era o sintoma fatal da doença. Em hospitais, rezavam as notícias do submundo da internet, os médicos tentavam controlar os impulsos sexuais de seus pacientes, que não conseguiam se dominar e, de maneira virulenta e corrosiva, se automolestavam à exaustão. O governo mantinha uma distância da verdade e não avalizou os boatos.

Em casa, eu e Jacinta caminhávamos pelo quintal na esperança de ver o nosso manjericão frondoso, verde e belo. Começamos a usar suas folhas em meados de julho, já bastante desacreditados de que seríamos atingidos pela doença do sexo. Sentíamos uma pequena atração um pelo outro e preferíamos conversar. Sem expectativa de sermos contaminados, fazíamos algum ritual cômico para debocharmos de nossa falta de sorte. Ficávamos nus no quintal e nos fazíamos de para-raios, para que a praga nos atingisse em cheio e, assim, pudéssemos morrer extasiados de sexo, já que não nos interessávamos mais naturalmente pelo exercício.

Alto inverno, ficávamos em nossa sala assistindo a filmes antigos e tomando chá de manjericão, para conjurar o sono. Assistíamos aos vídeos mais escabrosos, no

WhatsApp, em que pessoas filmavam vizinhos, em pleno ato animal, nos quintais de suas casas, ou nos quartos, vistos pelas janelas, e aqueles que gravavam eram, obviamente, doentes de sexo, contaminados pela praga, que se satisfaziam oportunamente. Não nos agradava e sentíamos horror. A pandemia da doença do sexo nos tornou mais castos do que antes. Tínhamos muito menos interesse pelo coito e, munidos pela tortura da informação dos atos absurdos narrados pelos médicos, nos afastamos da ideia de ver, tocar, reivindicar e amar nossos corpos.

Quando a doença atingiu o seu ápice, as pessoas passaram a saltar de suas casas, atormentadas pela necessidade de satisfazerem suas necessidades mais primitivas. Com toda a noção de bom comportamento abandonada, as ruas foram tomadas por violentos e exacerbados casais, tríades, grupos, conectados, ansiosos e animalescos, que buscavam, como sonâmbulos vigorosos, de maneira torpe e ineficaz, a satisfação de seus corpos. Nós assistimos a tudo, passivos e incrédulos. O mundo à beira de um colapso luxurioso. As pessoas imersas em uma orgia orquestrada e devastadora. Deslocados do caos, tomamos chá de manjericão, uma vez mais.

Ao nosso redor, os vizinhos e amigos seguiam a vida como antes. Em nossa cidade, as praças continuavam movimentadas pela presença dos poucos habitantes que tinham o costume de sair todas as tardes. Nos mercados, comprávamos nosso alimento e encontrávamos nossos conhecidos e parentes. Não entendiam direito o que acontecia no mundo, com as pessoas, e achavam terrível. Nada nos afetava. Seguíamos normalmente.

Em setembro, eu e Jacinta comemoramos nosso aniversário de casamento comendo um imenso bolo de chocolate. Ouvíamos no rádio uma das poucas estações que ainda transmitiam, contrariando todas as ordens de segurança, da qual chegavam notícias alarmantes e desesperadoras de diversos lugares. Todos distantes e estranhos. Apagamos uma vela com um sopro conjunto, de igual parca força. Completávamos 50 anos de casados. Éramos o casal mais jovem de nossa cidade.

Confraria

Quem a tudo renuncia, tudo receberá.
São Francisco de Assis

Quando da inauguração da famosa estátua do fundador da nossa humilde cidade, estivemos, um grande grupo, na praça, observando o amplo tecido ser retirado para visualizarmos aquele terrível monumento. Um cidadão ilustre, um filho local, veio e observou de longe. Depois dos burburinhos e dos risos abafados, cada um seguiu para sua casa e eu me encontrei com os amigos no bar, para bebermos a cerveja do dia e atualizarmos a conversa. O assunto era o antigo morador, agora um famoso escritor, mundialmente conhecido. Estava hospedado na casa de um casal de tios, já que os pais tinham morrido há alguns anos. Nós o conhecíamos como Dudu, pois seu nome era Eduardo Assis. Mas não ousávamos nomeá-lo mais pelo seu apelido de outrora. Eduardo era um senhor simples, sempre muito observador e quieto. Sua grande fama e seu renome não interferiram em sua postura sóbria. Quando o vimos, ele estava muito bem vestido, com um costume azul e uma camisa branca muito bem arrumada no interior do fino paletó. O cabelo, meio grisalho, penteado à perfeição e os olhos serenos por trás de uma armação de óculos arredondada de metal.

Durante a semana, encontrei com meu amigo Antenor Vieira, um poeta local de convincente inspiração, e ele se mostrou entusiasmado em conversar com Eduardo Assis para mostrar-lhe seus mais novos versos. Há muito não éramos visitados por qualquer figura distinta e interessante. Nosso antigo amigo era uma sensação na cidade. No final do dia, quando cheguei ao nosso bar de costume, todos os conhecidos estavam sentados ao redor de uma mesa colocada na calçada, onde toda a atenção estava voltada para Eduardo que, serenamente, intercalava algumas palavras sobre seus livros e um gole numa dose glacial de uísque, depositada em um copo especial. Antenor estava excitado e tinha nas mãos uma dúzia de folhas de papel, todas escritas a lápis, que intencionava mostrar para o velho conhecido. Fiquei de pé encostado no portal e, de longe, ouvia a conversa sem interferir ou cumprimentar com alguma formalidade Eduardo, que me conhecia muito bem desde a infância. Enquanto eu bebia uma cerveja caseira, analisava as bajulações e os elogios, mais ou menos sinceros, dos amigos que orbitavam a mesa peculiar. De onde eu estava, podia ver o rosto da estátua do patriarca na praça, era totalmente repulsiva e contrastava com o rosto amistoso e simpático de Eduardo, que sorria sempre e falava comedido.

Quando chegou a noite, o grupo quase se desfez e ficamos eu, agora sentado, Antenor, outros dois amigos mais chegados, da nossa época de meninos, e Eduardo, que agora parecia mais à vontade e falastrão. Contou um pouco sobre sua vida noutra cidade e de suas viagens pelo mundo, da centena de palestras que proferiu e das dezenas de personagens importantes que conheceu. Antenor tremia com o manuscrito de poemas e tomou coragem para mostrar. A conversa dirigiu-se toda para as qualidades do amigo, que foi elogiado por todos, praticamente em uníssono. Eu duvidava de tudo aquilo e permanecia praticamente mudo.

Os poemas foram bem recomendados e Eduardo garantiu que os leria todos. Colocou o maço de papéis dobrado no bolso largo do paletó e pediu a conta. Todos se prontificaram a pagar e foi um consenso que tão ilustre figura, que retornava às suas raízes, não deveria gastar moeda que fosse e tratariam aquilo como uma espécie de homenagem aos seus grandes feitos. Todos bêbados, saímos cantando pelas estreitas ruas da cidade, incomodando os vizinhos que, dando risos discretos, arremessavam baldes d'água de suas janelas. Loucos e molhados, caminhávamos aos risos e berros para nossas casas isoladas. Já na primeira parada nos abraçamos, os cinco, e juramos nunca mais ser negligentes com a nossa amizade. Criávamos, ali, uma confraria sem nome e que, essencialmente, primava somente pela grande consideração que tínhamos um pelo outro.

Eu e Eduardo fomos os últimos a chegar em casa. Eu morava muito próximo dos seus tios. O deixei bem junto ao portão, com segurança, por volta de quatro horas da manhã. Faltava pouco para o dia amanhecer e dormir foi o que nos sobrou, depois da grande noite de nostalgia e confissões. Nós nos despedimos com um forte aperto de mão para selar os compromissos firmados na consolidação da recente confraria estabelecida. Em casa, refleti sobre a ilusão de todas as promessas feitas.

***

 Dormi poucas horas e o mesmo aconteceu com os companheiros de bebedeira. Todos tivemos que trabalhar, exceto Eduardo. Encontrei com Antenor na hora do almoço. Ele vinha eufórico da saída da escola, onde havia falado para os alunos, na sua aula semanal de Literatura Brasileira, sobre alguns de seus poemas e como ele os tinha oferecido ao famoso escritor que chegara na cidade, para uma análise crítica. Os alunos, como sempre muito gentis, parabenizaram a iniciativa. Nós nos cumprimentamos rapidamente com um aperto de mãos e combinamos uma cerveja no bar, no final do dia. Os outros amigos deviam estar em seus empregos, sonolentos e nostálgicos. Artur, o mais jovem, na Biblioteca Municipal, organizando livros e lendo o que podia nas horas vagas, e Leônidas, o mais velho de nós, no museu, tentando convencer o diretor de que a estátua na praça não acrescentava nada à beleza paisagística da cidade. Era um artista e funcionário público municipal.

 Ao final do dia, estávamos rodeando Eduardo na mesma mesa do bar e conversando sobre os mais diversos assuntos. Antenor queria saber sobre seus poemas escritos à mão. Eduardo disse que tinha lido todos, durante o dia, e logo mais contaria suas impressões, que, segundo ele, surpreenderiam a todos. Depois de acomodados e falando sobre as grandes obras literárias mundiais, chegaram à mesa duas garotas que nos conheciam pelos nomes e por algumas façanhas da infância. Uma delas se apresentou como Marta, disse ser uma vizinha que eu não via há anos. Sua amiga, chamada Graça, tinha sido uma namoradinha de Eduardo na adolescência. As duas eram carregadas de simpatia e beleza. Convidamos as garotas para se sentarem conosco. As duas lecionavam gramática e história no grupo escolar estadual de ensino médio e chegaram até nós após perguntarem pelo paradeiro do famoso visitante. A conversa ficou mais intensa, pois os assuntos do passado saltaram à exaustão. Artur e Leônidas deixaram-se convencer pelas histórias entusiasmadas das senhoritas e acabaram por se encontrar em algumas delas. Antenor ouvia com atenção redobrada e algumas vezes anotava algo em um bloco amassado. Éramos um grupo coeso e bem sintonizado.

    Próximo da meia-noite nos levantamos todos muito bêbados e totalmente afetados pelo excesso de gargalhadas. Estávamos muito alegres antes de sairmos pelas ruas executando a rotina criada na noite anterior e que realizaríamos, com devoção, nos próximos dias. Cantamos pelas ruas, fomos novamente banhados pelas águas de roupas sujas das bacias das velhas senhoras nas janelas, que riam até balançarem as barrigas com a nossa desgraça momentânea. Outros cantavam conosco em tom de saudosismo, por não terem mais a idade ideal para as inconsequentes caminhadas noturnas. Ponto alto da caminhada, Antenor cobrou que Eduardo contasse o que achou dos poemas. Nosso ilustre amigo alegrou-se pela lembrança e encheu-se de pompa. Disse que faria um discurso. Caminhamos até a praça, pois dávamos voltas em círculos pelo centro, e ele subiu na base da estátua horrorosa e, depois de encarar o patriarca com a pior das caras jamais feita por ele, abriu o bocão e anunciou: "Antenor é o maior poeta do mundo". E sorriu satisfeito. Bateu palmas e disse que todos tínhamos que louvar a alegria e a sorte de termos como amigo tão talentoso ser. Disse que os poemas eram apaixonantes, líricos, musicais, sóbrios e profundos. Não mediu elogios, adjetivos, para o nosso amigo escritor. Antenor transformou-se. Os olhos brilharam de uma maneira única. Dançou uma dança esquisita na calçada da praça. Sapateou e veio até mim para dar-me as mãos. Era um anjo inconsequente. Ao me puxar, eu rapidamente segurei a mão de Marta para que me salvasse. Ela não cedeu e foi-se comigo no embalo de Antenor e segurou sua mão. Fizemos uma roda de três pessoas que, rodopiando, foi arremessada quase no meio da rua, se desfazendo toda em partes que riam freneticamente. Eduardo ainda declarava sua adoração à recém-conhecida literatura do amigo. Antenor correu e trepou na estátua. Os dois cantaram se abraçando e esbravejando palavras de vitória e amizade, enquanto repudiavam o rosto repugnante da estátua. Eu gritei para que todos ouvissem: "Vejamos, essa obra absurda, esse homem estranhamente diferente do original que o devia ter inspirado, será, a partir de hoje, o padrinho da nossa confraria, que agora conta com sete membros". Todos fiéis à mais pura e simples amizade. Voltamos para casa ao som de Eduardo recitando, eloquentemente e muito teatral, os poemas realmente fantásticos de Antenor.

A cada dia seguinte tínhamos menos interesse pelo trabalho e mais pela boemia. Nós nos tornamos, à medida que líamos e recitávamos, escritores de poemas. Uns melhores do que os outros, mas todos instruídos por Eduardo e Antenor, que se tornaram uma espécie de gestores do grupo. Nós nos divertimos de forma magnífica naqueles dias. As pessoas nos conheciam em detalhes e muitas delas estavam sempre atentas à nossa passagem, e pediam que recitássemos ou cantássemos os poemas e as músicas de suas preferências. Estávamos felizes e tínhamos, todos, a sensação firme de que viveríamos aquela vida para sempre. Deixaríamos a vida de obrigações para sermos pobres mendigos boêmios escritores e declamadores que viveriam da bondade dos outros.

Também tínhamos todos os tipos de críticos. Os que nos declaravam como inconsequentes, irresponsáveis, deturpadores da ordem pública, vagabundos e, até, marginais. O que não nos incomodava nem um pouco. Estávamos absorvidos pela vida que decidimos seguir, inseridos numa confraria honesta de alegres apreciadores da boa poesia e da música encantadora de todos os tempos. Mas, como tudo na vida, a nossa felicidade em algum momento acabaria. Eduardo, que já tinha passado muitas vezes longe de seu trabalho, decidiu retomar sua vida de escritor famoso, palestrante de grandes conferências literárias. Seu editor exigiu que retornasse, sob pena de perder um ótimo contrato para a produção de um romance. Ele se foi e deixou-nos enamorados de nossa vida boêmia, em que somados, os sete, éramos como um único organismo poderoso e invencível. Nós nos despedimos aos prantos e até eu, que demorei a acreditar na sinceridade dos nossos sentimentos uns pelos outros, debrucei-me em lágrimas de sentida tristeza.

Eduardo não avisou o horário de sua partida. Para que não tivéssemos outra comissão constrangedora, saiu de casa, de madrugada, enquanto os seus fiéis amigos dormiam o sono restaurador do corpo cansado da última noitada de boemia. Voltamos lentamente à normalidade. Os nossos empregos estavam à nossa espera. Não são muitos os trabalhadores com experiência em cidades pequenas. Nós penduramos nossas fotos juntos, fixadas por ímãs bonitinhos nas nossas geladeiras, para que nunca nos esquecêssemos dos dias de alegria que vivemos. Numa delas, a mais celebrada, estamos os sete juntos à estátua da praça, escancarando nosso repúdio pela réplica do patriarca abjeto, erroneamente confeccionado. Rimos muito disso enquanto nos abraçávamos, caminhando.

***

Passado um mês inteiro, tudo parecia normal de novo. O trabalho cansativo e sem graça e o bar no fim do dia. Ríamos um pouco, mas faltava uma magia e uma força de unificação que não conseguíamos desenvolver sozinhos. Numa noite mais quente que de costume, estávamos os seis amigos bebendo e conversando no bar, muito sérios e ensimesmados, quando ouvimos uma voz conhecida. Sabíamos quem era. Ao olharmos, reconhecemos o homem bem-vestido com seu costume azul-marinho, a camisa branca engomada bem coberta no interior do paletó, os óculos redondos ocultando os olhos tímidos e os cabelos prateados bem imprimidos naquela grande e privilegiada cabeça. Era nosso amigo. Ele vinha de braços abertos, convocando a confraria. Bebemos juntos novamente. Cantamos e declamamos poemas para os vizinhos e todos se alegraram com o retorno do grupo, da confraria. No final da noite, Eduardo disse ter decidido que não voltaríamos mais para casa. Caminhamos até a praça e nosso amigo subiu na estátua e colocou em sua cabeça um chapéu e em seu pescoço um cachecol – as duas peças muito belas e bem feitas. Uma cobria a metade do rosto de cima para baixo e a outra tampava o restante. Antenor alegrou-se sobremaneira e sentiu que estava onde sempre desejou estar. Os outros queriam aquela vida e também se alegraram com Eduardo. Eu, do meu lado, era voto vencido, queria a companhia daqueles loucos. Convencido, eu ficaria para garantir que não trairíamos nosso voto. Marta se aproximou de mim e percebemos que Graça dizia baixinho: "vamos Dudu". Após aquele dia, fomos todos para o campo e construímos nosso templo. Tijolo após tijolo. Artur, Antenor, Leônidas, Marta, Graça, Dudu e eu. Éramos amigos.

A notícia correu pelos arredores e nossa obra foi conhecida em outras cidades. Vivíamos num ermo e atraímos alguns corações. Após algum tempo, a confraria cresceu. Os que vieram nos apoiaram com o que tinham e, depois de um longo período, tínhamos a casa de nossos sonhos. Abrigamos todos os párias e excluídos que tinham o desejo e a necessidade da música e da poesia para amenizar o fogo do seu sangue. Abandonamos a rotina do trabalho e seguimos com nossa vocação. Cantamos e declamamos. Comemos o que nos dão e sorrimos quando recebemos aplausos.

Da Vinci

Um ser que se isola do mundo por íntima decisão merece respeito. Essa frase é uma epígrafe anônima que ilustra, de maneira parca, o comportamento de uma pessoa cuja relevância não pode ser medida. Não estou falando de alguém especificamente, mas de algum ser que deve surgir, gerado desde o nada. Ou já existe em tão completa e consciente solidão que nunca seremos capazes de identificar a sua existência. Pelo menos não a ponto de registrá-la. Passará em branco. Por outro lado, esse ser curioso tem dentro de si um consolo. Guarda com atenção peculiar algo imaterial inestimável. Se presumirmos que existe alguém intrinsecamente solitário e decidido a habitar o claustro escuro de algum abrigo confortável, mas impossível de ser conhecido, esse alguém é nosso personagem. Ele tem um segredo.

O seu único bem, guardado com zelo e, não é exagero dizer, mas é um clichê, a sete chaves, era uma ideia. Cultivou-a num canto escuro da mente, num lugar de sossego, resguardada do embate sem exposição. Nunca brincou com seu formato ou sua estrutura delicada, desde que a engendrou no âmago de sua, momentaneamente fértil, imaginação. Descobriu depois, após muito refletir, que seu bem maior nunca estaria realmente a salvo. Precisava escondê-la do mundo, das ameaças, das pessoas. Precisava enfiá-la em algo, incrustá-la num objeto, numa rocha, na terra, na água, no vidro, não sabia. Vinha definhando-se, velozmente assombrado pelo terror de perder a única coisa valiosa que possuía. Escreveu páginas e páginas de desabafo, buscando um conforto efêmero, de início, que logo se converteu em vício e, em seguida, em projeto. Tomado por uma obsessão avassaladora, elaborou um diário fantástico de mil páginas, que converteu em um maravilhoso livro de confissões. A quintessência do fluxo de consciência. Entre os milhares de palavras, tomando um indiscutível sentido apenas para seu autor, estava a sua preciosidade escondida.

Agora existe um duplo mistério, que ocorre devido ao preciosismo do ser que elencamos e sua necessidade de subsistir à margem de tudo e de todos. Alimenta-se da ideia que gerou no abismo de seus sentimentos, de seu coração e, não é exagero apontar, de seu fígado, lugar por demais subestimado e profícuo laboratório orgânico dos mais extraordinários e excêntricos fermentos da imaginação. Deixemos nosso objeto de investigação e sua vida atarracada à sua cria. Um alimenta o outro enquanto podem, enquanto vivem. Depois de morto, seu habitat natural, esse leito formidável e fértil, fará com que a ideia morra. Mesmo a salvo, nas linhas que compõem o segredo físico que elaborou, a fórmula necessária para colocá-la em ação expira, transformando toda essa necessidade de proteção num ciclo vicioso eterno e sem sentido. Nosso curioso ser devia perceber, enquanto pode, que a única maneira de salvar sua criação é imortalizando-se. Talvez possa fazê-lo na maneira dos papéis assinados em grandes volumes carregados de ideias, esses mesmos montes de códigos aleatórios que só podem ser decifrados pelo impulso da leitura.

É isto sagrado?

É claro que dentre alguns estudiosos dos fenômenos inexplicáveis, chamados metafísicos, existem aqueles descrentes, mais inclinados à ciência verdadeira, que não se submetem às facilidades das explicações estapafúrdias dos aficionados ao sobrenatural. Histórias são constantemente contadas e atingem os neófitos, que se tornam categóricos defensores das sandices dos crédulos artesãos de contos fantásticos, influenciados pelos eventos do outro mundo. Este simples narrador, um cético, um voluntário em defesa da ciência, vem contar como uma história absurda pode levar ao mais caótico estado de absoluta catarse e crença desleal. Vejamos o caso.

Ao final de dez anos de reclusão, cinco freiras do convento de Santa Bárbara, no interior de Goiás, criaram uma lenda magnífica e, depois de difundi-la estrategicamente na região, se mataram para que nenhuma delas pudesse, em algum momento, desmentir o mito. O suicídio das virgens causou grande comoção no convento e na cidade. Após o ocorrido e por causa de seu drástico efeito, hordas de religiosos migraram para a região para prestarem adoração às santas mortas e escutarem a história contada por elas e, assim, executarem a sua propagação.

A lenda se constituía na busca de um amuleto sagrado denominado Chave do Perpétuo Auxílio. As freiras que conviveram com as cinco suicidas atestaram que a maneira de viver das jovens assegurava a veracidade de suas histórias. Tinham muito carisma e doçura. Eram religiosas fervorosas. Mas parece que a vida reclusa lhes causou algum incômodo. Careciam de alguma diversão. O fato, como eu contei, é que a história se alastrou na comunidade local e motivou a busca do artefato durante anos.

Um local rico em beleza natural, jardins majestosos e um rio que banhava frondosas árvores, denominado Santuário, possuía um pequeno castelo de suntuosa beleza e espaço que tinha, em um de seus mais internos ambientes, uma caixa lacrada com a relíquia inventada.

O cético que me propus a ser é o narrador que infere, sem delongas e com absoluta convicção, que essa história não passa de uma anedota, uma brincadeira de garotas peraltas, mantidas no claustro por vontade de outros e que não se impuseram vontade de opinar ou de estabelecer seus desejos e convicções. Por vingança, elaboraram a fantasia em sua prosa absorvente e contagiante. Mas, para ser honesto com o leitor, tenho de admitir que essa é uma teoria totalmente pessoal. Está fundamentada em minhas certezas particulares de que esses absurdos só podem existir nas mentes frutíferas de seres ignorantes e ilustrados. A imaginação é a virtude perigosa da mocidade.

Muito tempo se passou e poucas freiras restaram daquelas que conheceram as meninas inventoras. Uma velha senhora, muito timidamente, contava alguma história sobre as freiras e confirmava a veracidade da lenda narrada por elas. Essa freira velhinha e solitária tinha quase noventa anos e a memória muito viva. Foi por causa dessa senhora que um grupo de exploradores, dentre eles alguns religiosos muito convictos e aventureiros, absorvidos há longa data pela necessidade da busca e do perigo, teve a revelação que os colocou no encalço da joia ancestral cultuada pelo povo dos arredores. Eu era um membro desse grupo e o acompanhei até o seu término, na vã e surreal busca pelo absurdo. Meu interesse pessoal e acadêmico consistia, apenas, na investigação do comportamento humano diante da crença em um objetivo sobrenatural de busca. Os homens e as mulheres que, entusiasmados, se propuseram a tornar-se quase errantes, eram criaturas admiráveis sob diversos aspectos e totalmente imbecis em outros.

Do jardim, alimentado pelo extraordinário rio de águas claras, tinha-se uma ideia da localidade. As freiras deixaram alguns indícios, desenharam mapas, mas grande parte das informações que obtivemos da velha senhora, segundo observei, parece ter sido acrescentada muito depois da morte das meninas. Uma luxuosa descrição do lugar paradisíaco, do Santuário, foi gradativamente sendo incorporada com afetado romantismo e dedicação, por outras freiras, incutidas na crença da real existência desse local no mundo.

Por meses a fio caminhamos pelo interior do estado. Investigamos as florestas parcas, as grutas mornas cheias de morcegos, andamos em dias chuvosos nos campos do cerrado, até que os nossos corpos ditassem a voz da razão para que cessássemos a busca, antevendo o óbvio perecer da carne. Confiamos nossos dados, nessa época de escassa informação, a todos os moradores simples que encontrávamos e explicávamos os nossos objetivos na esperança de sermos atendidos com algum fato que nos faltava. O que conhecíamos de novo era a totalidade de um ermo que nunca tinha antes sido explorado, e sua beleza agreste compunha em nossos corações uma imagem nova e marcante desse local abandonado por Deus e pelos homens.

Durante a nossa jornada, pude observar e anotar em meu caderno nuances da mente humana inéditas para mim. Um livro estava sendo gestado e, nele, todas as agruras do espírito humano, e também todas as suas maravilhas, poderiam ser visualizadas e conhecidas. Eu interpretava as reações, das mais distintas, em todos aqueles companheiros, sem que percebessem a minha curiosidade de cientista, e, ao mesmo tempo, absorvia tudo para um posterior conhecimento didático informativo. Era magnífico ver o ser humano em estado de excitação, de dor, de cansaço, de desilusão, e seu estupor de alegria pelo novo, pelo desconhecido.

A nossa aventura levou-nos a lugares muito desabitados e místicos. Se não encontramos o berço da relíquia, o Santuário, nos deparamos com outros templos de igual magnitude e de profunda ordem de adoração a criaturas e deuses magníficos. A contemplação do desconhecido nos mostrou aspectos de nosso comportamento que nos fizeram perceber que andamos distantes, em longínquas medidas, da real compreensão de nossa mente e de nossos sentimentos. Locais de devoção abandonados nos forneceram relíquias outras, reais, que poderiam ser guardadas para exposição em museus ou para render um dinheiro considerável, que poderia repor todos os fabulosos gastos – as nossas despesas – que tivemos em tão dispendiosa e irracional aventura.

À altura de nosso maior cansaço, tivemos a revelação de que a busca era inútil. A existência do lugar predito pelas freiras era improvável, como eu havia inferido sem nunca dizer ao grupo, em minhas céticas observações primárias que compartilhei com os dignos leitores. Mas, tomados por uma obsessão incomum, os mais obstinados, os precursores da jornada, viram-se obrigados a não desistir e quiseram obrigar o grupo a seguir em frente. As pessoas se dividiram em três grupos muito distintos. Um que estava francamente decidido a continuar até alcançar o objetivo imposto, e não retornaria enquanto não dominasse a natureza e pusesse as mãos no objeto de sua busca: o amuleto sagrado. Um outro que estava decidido a voltar para casa a qualquer custo, enfrentando a dificuldade do retorno até ter a certeza de estar no caminho certo para a cidade de onde todos partiram, e dela cada um seguiria para sua cidade de origem. Esse segundo grupo era liderado por uma aventureira muito informada e decidida, uma arqueóloga que muito se orgulhava de seu título de doutora, obtido em uma das mais tradicionais e antigas universidades europeias, cujo nome ninguém se interessou em guardar e eu anotei em algum de meus cadernos de viagem. O terceiro e último grupo, do qual eu decidi fazer parte, queria negociar a melhor maneira de terminar a viagem, fazendo mais algumas paradas em locais de segura fonte de riquezas históricas e de modesto conhecimento local, rudimentar, mas importante. Eu ainda sentia que tinha forças para mais uma aventura.

O grupo não conseguiu conviver. A imposição dos líderes que se organizaram no primeiro grupo – entre eles os religiosos, com suas opiniões categóricas e irracionais sobre tudo – limitou a convivência. No fim, estávamos todos muito irritados e insatisfeitos. Os três grupos se metamorfosearam em dois, cujos objetivos consistiam simplesmente em um se opor ao outro, sem desígnios claros, sem um plano para proceder. Divididos, buscaram caminhos diferentes. Mas não foi suficiente. O ódio que se instalou levou a divergências sérias, que acarretaram lutas e mortes de alguns. Eu pude ver a natureza humana brutal e selvagem em seu estado mais primitivo.

    Os que restaram ficaram por conta própria. Eu me abriguei numa tribo de índios, em que residi, acolhido com suprema cortesia, por longos dois meses. Depois de reabilitado, fui escoltado para longe daquele lugar de sossego e isolamento. Segui para casa sozinho. Com pouca água e comida. Aterrorizado pelo absurdo e incompreensível caminho que tomou a nossa, antes maravilhosa, aventura. Sozinho, não tinha mais objetivos a seguir. Fiz o caminho de volta introspectivo e ensimesmado. Tinha a aguçada convicção de que podia, pelo menos, ter compreendido a minha própria natureza. Mas pensava, aficionado, na Chave do Perpétuo Auxílio. Qual a função dessa lenda? O que as cinco freiras tinham em mente quando a inventaram? O que, de fato, o amuleto significa? As minhas perguntas ficaram sem resposta por muitos anos. Eu voltei à minha terra natal e não tive notícias dos sobreviventes daquela fúria animal que assolou nosso, inicialmente, coeso e alegre grupo de aventureiros.

    Viajei o mundo por lugares inóspitos, ainda com a franca vontade de entender nuances mais elaboradas do comportamento humano. Das reações sob adversidades. Do limite do comportamento da humanidade e de suas mais íntimas necessidades e de seus desejos. O que é o humano nos seus limites? Na África, conheci uma comunidade que havia crescido à margem de uma antiga lenda. Eles acreditavam que um objeto mágico, ao ser apertado contra o peito, podia absorver todas as suas culpas e os levaria, quando da sua morte, ao lugar adorável escolhido pelos deuses. A tribo contou-me, e precisei para isso de uma grande paciência e capacidade de convencimento, que a lenda fora contada num passado remoto e passada de geração em geração por um grupo de meninas selvagens, virgens, que tiraram a própria vida ainda muito jovens.

Espaço-tempo invertido

Havia um homem, nos arredores do Parque São Jerônimo, cujo nome não podia ser pronunciado. Ninguém sabia. Era um caminhante das ruas e um cantor exímio, porém desconhecido. Era o que a cultura popular chama de "navegante à deriva". Não se levava a sério, mas podia, por inclusão de um evento inexplicável do destino, como em geral acontece com esses astros, cujos fatores absurdos e naturais conjugam-se harmoniosamente em posição e momento únicos do espaço-tempo, e que nunca mais se repete, ter se tornado um monumental ídolo de sua geração. Aproveitando para uma digressão necessária, atente a esta curiosa palavra: momento. Heisenberg teria para ela um pedestal, um lugar privilegiado, pois representa um braço firme e pertinente de sua famosa fórmula – uso essa palavra sem apelar para seu sentido matemático – do princípio da incerteza. Momento, será que de fato existe? Um elo fino e tênue, desconhecido e invisível, sutil e poderoso, como uma fortaleza que não se rompe nunca, ou como uma horda de espermatozoides, cujo grupo, com enorme número de entes, caracteriza a única maneira de proliferar a espécie. Um fio infinitesimal que liga o passado ao futuro, mas que não se pode tocar, nem ver ou cheirar. Se o momento não existisse de verdade, não teríamos a realidade e, consequentemente, o homem que destacamos poderia ter uma chance de fama.

Na realidade, ele não quer. Prefere entoar uns cânticos, intercalados pelo seu assobio afinado, sonoro e agradável. Às vezes, assobia para alguma dama especialmente bela ou simpática que lhe deu bom-dia, sem ser rude. Musicalmente falando, causa sempre uma boa impressão. As pessoas esperam que ele cante, que cante nos pontos de ônibus ou nos bares, nas lojas de cosméticos ou na entrada do supermercado, embaixo dos viadutos, na Avenida Goiás, na praça do Avião ou na frente das Lojas Americanas. Esperam que ele fique com a mão no bolso para segurar as moedas que gentilmente recebe e que agradece com cuidado e satisfação, mas não as quer. Deixa numa lata de leite moça de um outro que pede com alguma sinceridade. As gentes esperam ouvir o homem cantar e ver sua boca comprimida para o assobio. Que cante no subúrbio e no centro. Que fique em casa cantando, se tiver um lar com mulher e filhos, ou com a velha mãe serena balançando em sua cadeira confortável. Que fique onde quiser, mas que cante. Sua voz adoça o dia e seu assobio multiplica a harmonia proporcionada pelos pássaros, com a vantagem de que não suja o mundo, de que não infere o mau agouro como quando passam voando por dentro de casa. Ele vai morrer um dia e não terá um substituto à sua altura. Ou, quem sabe, não fará falta alguma. Ocupa seu espaço, no seu tempo limitado de vida, e canta. A morte, que espera, no seu íntimo e predefinido espaço e tempo, numa dessas ondas emaranhadas que se sobrepõem harmoniosamente, vai chegar para ele e para sua hábil voz, para o seu bico de assobio eficaz. E, como dizem, parafraseando Georges Clemenceau, "Os cemitérios estão cheios de pessoas insubstituíveis". Mas o que as gentes em geral não dizem, imagino que não tenham percebido ainda, é que as vozes são insubstituíveis.

Espetáculos

Y así fue que apareció, bulliciosa y frívola, nocturna, la Casa Verde.
Mario Vargas Llosa, La casa verde

A casa verde é imensa. Foi projetada no estilo de uma grande pousada. Se assemelha a um *resort*. Tem dois pavilhões com um largo corredor no centro. É possível acessar os quartos pelo lado oposto à passagem. Cada aposento tem uma enorme parede de vidro no fundo, muito limpa e transparente, que permite ver o corredor e, também, ser visto pelas pessoas que caminham por ele. Você pode pagar para fazer sexo ou só para olhar. A casa foi projetada para ser o maior prostíbulo da América do Sul, mas transformou-se num lugar democrático. Todos podem se alojar em seus quartos e fazer o que bem entenderem, e serem observados, desde que paguem. Parece ter conseguido o feito. Casais de todos os lugares viajam para conhecer o local maravilhoso. O nome do hotel popularizou-se na região depois que foi batizado como Zoológico do sexo.

Seu idealizador projetou o lugar com essa finalidade. Em suas palavras: "É uma estância do sexo à vontade, para ser feito e admirado". Um grande arquiteto. Morreu sem ver o seu projeto finalizado e sem usar a suíte presidencial, que fez para si mesmo. Era um devasso por natureza. Um homem de hábitos escandalosos, extravagantes. Seu advogado cuidou de vender seus bens, já que não tinha herdeiros. Uma grande rede de hotéis comprou a casa verde e a transformou no *resort* descrito. Algumas pessoas que viveram próximas disseram que ele profetizou o fim do lugar na noite do seu aniversário de um ano de funcionamento. Uma vida curta.

Uma curiosidade sobre a casa verde é que em seu jardim está a tumba de seu idealizador. Uma cripta exagerada, cheia de estátuas de divindades nuas, satisfazendo os gostos libidinosos do arquiteto. Esse homem, cujo corpo agora repousa alguns metros abaixo dos quartos que projetou, quartos onde seus mais íntimos desejos sexuais são consumados, pois ele não pode, viveu a sua vida no limite. Ainda falando de curiosidades, os hóspedes nem imaginam, esse milionário doentio também exagerou em todas as suas liberdades. Envolveu-se com todo tipo de ato sexual nefasto, grotesco, inumano e aberrativo. O homem era um instrumento do desejo, da luxúria e dos limites animais do corpo. Mas era engraçado, tinha um grande senso de humor.

Na noite do aniversário de um ano da casa verde, um grande jantar foi realizado no jardim. Todos os convidados eram pagantes e, após as comemorações, aproveitariam as instalações do *resort* para usá-las para o fim que foram projetadas. Fariam sexo à vontade e assistiriam a todos os outros em suas mais animalescas atitudes. Gente muito dotada de instintos essenciais foi convidada. Entre elas as mais assíduas frequentadoras e as mais liberais atuantes.

Exatamente à meia-noite, os fogos foram acesos e explodiram nos céus em luzes multicoloridas. Uma grandiosidade de beleza e ostentação. Do jardim, todos assistiam ao firmamento negro ornado pelas luzes radiantes. Sem esperar muito, os convidados foram se afastando em direção aos quartos para transformarem-se nas criaturas primitivas que desejavam ser. Mas não sem antes levantarem suas taças e brindarem ao grande idealizador do local, o magnífico e pervertido arquiteto que jazia ali mesmo, enterrado no jardim, possivelmente celebrando sua grande obra.

Dentro dos quartos, e pelos corredores, os casais de todos os tipos devoraram-se, literalmente, até que seus corpos mutilados e frios repousassem vazios e sem vida, transformando a casa verde numa tela horrenda e vermelha de total e quieta devassidão alcançada. Vista de cima, pelo espectro obsceno e nu que agora flutua, rindo, aquilo se tornara a visão plácida e terrível do suntuoso zoológico do sexo.

Expiação

Uma vez por mês, a comunidade do Grande Temor se reúne para fazer a expiação dos pecados. Os fiéis se aglomeram em um galpão modesto, com algumas cadeiras de plástico distribuídas no meio da nave. Eles são muitos. O pastor é um magricela sardento de meia-idade, com uma esposa jovem e bonita, mas muito tímida, que o auxilia no que pode, basicamente levando a Bíblia para cá e para lá. O homem fundou a religião. Para ser membro, não precisa de grandes requisitos. Basta frequentar aos sábados, obrigatoriamente, se vestir de maneira adequada – o pastor produziu o manual de conduta no templo –, pagar o dízimo todo mês, dez por cento do salário, e possuir um bode.

O primeiro dia do neófito consiste na apresentação de seu animal à comunidade para que ele receba uma bênção coletiva. Os outros não precisam trazer os seus bodes, desde que garantam que o bicho exista e tenha boa saúde. A esposa do pastor confere a idoneidade da criatura. Não deve ter marcas visíveis e, a mulher é rigorosa nesse quesito, o pelo tem que se apresentar impecável. Os fiéis formam um conjunto empolgado de devotos, posicionam-se em volta do bode, estendem as mãos em sua direção, sob a supervisão de seu líder, rezam, cada um com sua intensidade, e dizem o que querem, desde que sejam palavras positivas e que enalteçam a vida no animal. Simplesmente entoam um agradecimento ao deus de todas as coisas. Louvam o fato de o criador ter cunhado o bicho perfeito, capaz de carregar o mal do mundo.

Convém explicar a função do bode. O papel maior dessa seita, a do bode, como as pessoas gostam de se referir a ela, é a expiação dos pecados do fiel. Não os pecados do dia, do mês ou do ano. Os pecados de uma vida inteira, recorrente. Assim, seguem com o ritual bíblico com uma fidelidade distorcida. O autor, o líder dos crentes, elaborou a sua interpretação. Colocam objetos representativos dependurados no bode e o soltam para morrer sozinho. Num lugar distante. Simples assim. O problema é que as cidades, mesmo essa em que vivem os adeptos do Grande Temor, cresceram. Os desertos, onde no passado esses animais eram abandonados, não existem mais. Existe vida em todos os lugares. Surge então a curiosa imagem de um animal enfeitado, todo adornado com bugigangas, sofrendo por carregar demasiado peso, pelas ruas de favelas e bairros periféricos. Mas tem funcionado de forma simbólica. Em geral, os bodes são encontrados por moradores de má índole – na visão dos fiéis da seita do bode –, que matam o bicho e fazem um decadente churrasco no domingo, visto que o bicho sempre é solto numa cerimônia patética, que acontece na noite do último sábado do mês. Todos os meses, religiosamente. Irônico! Uma vez que o fiel cede o seu animal para o holocausto, torpe e fictício, ele deve comprar um outro, para uma nova rotina. Para que seus novos pecados, no intervalo entre uma oferta e outra, possam ser, também, expiados. A nova vida. E a vida de bode.

Ignácio conheceu a seita por causa de sua irmã caçula. Uma discípula extasiada com a ideia da expiação. Depois de sentir-se atraído pela possibilidade de tornar-se uma pessoa pura e livre de suas culpas, resolveu aceitar o convite da irmã e conheceu o templo dos criadores de bodes. O culto era interessante. As pessoas rezavam, cantavam e, depois, rezavam de novo, e mais. Eram solidários, se ajudavam. Faziam reuniões aos domingos, muito movimentadas, com bastante comida e conversas e orações. As orações eram sempre metódicas, mecânicas e sistematicamente distribuídas. Uma no início das reuniões, antes de comerem, uma no meio, quando todos interrompiam a refeição para rezar e agradecer, e uma última para encerrar o encontro, com novos agradecimentos e louvações.

Assim que se sentiu integrado ao grupo, Ignácio decidiu tornar-se um fiel. Teria que comprar um bode. Por causa do sucesso da seita, e de sua abrangência na região, um pecuarista local empreendeu uma pequena criação de bodes. Um negócio lucrativo e relativamente simples de administrar. Vendia os animais para os religiosos e sempre tinha fregueses. Ignácio visitou a propriedade para escolher um bicho para sua nova jornada. Depois de observar a tropa toda ajuntada, escolheu o mais franzino e tristonho de todos. Pagou um preço justo. Precisou insistir, uma vez que o criador queria lhe dar o bicho de presente, pois estava convicto de que aquela criatura esmirrada e miserável teria uma vida muito breve. Ignácio tinha o entendimento, religioso e pessoal, de que o correto seria comprar o bode, como fora feito pelos irmãos de seita. Fez sua escolha decidido e não queria um tratamento diferente daquele dado aos outros fregueses. Com o animal amarrado pelo pescoço, com uma corda curta e suja, arrastou a criatura para casa. Sentiu afeição e quis dar-lhe, de imediato, um nome. Não lhe ocorreu nada que combinasse com o estilo curioso e rústico dos bodes, então deu-lhe um nome de cachorro. Nenhum outro fiel se importava com detalhes, simplesmente tinham um bode. Ignácio, depois de chamar seu animal de Rex, tornou-se íntimo dele. Eram amigos.

Durante a estada do bode, todas as coisas se impregnaram de culpa. O animal, que ganhara a liberdade de um ente da família, depositava um pestilento cheiro de passado nos móveis e atraía Ignácio para uma região nunca ainda visitada, uma planície da memória, abandonada, que o assombrara antes e agora parecia levemente carregada de uma simplicidade doce. O bode estimulava os odores repulsivos, mas era um arauto da cura.

Rex foi abençoado no salão do templo. Todos os fiéis estenderam suas mãos, cheios de pena da criatura pequena e feia, para validarem a missão do animal. Ignácio se encheu de orgulho e percebeu que, daquele dia em diante, Rex cresceria forte e renovado. E foi, de fato, o que aconteceu. O bode tomou corpo, ganhou porte físico coerente com sua natureza e tornou-se um seguidor indispensável de seu dono. Ignácio e Rex eram inseparáveis. Chamavam a atenção das pessoas, justamente por serem uma dupla improvável. Mas, como todas as coisas que se constroem simples e ingênuas, a amizade teria um fim.

Chegou o dia – e Ignácio não se deu conta de que isso aconteceria tão cedo – em que o bode Rex teria que cumprir a sua missão. Relutante, mas decidido a obedecer, sobretudo por causa das constantes ameaças da irmã, que lembrou ao irmão o juramento feito por ele e que o sacrifício do bode era um ato de amor coletivo, de solidariedade, de renúncia e de desapego. A garota não poupou discurso até conseguir impor sua verdade, consolidada, mais antiga para ela do que para o irmão. A menina transformou Ignácio num arrependido e envergonhado fiel que, sem mais resistir, tomou coragem para amarrar a corda no pescoço do animal e arrastá-lo até o templo. Lá, a turba aguardava com suas coisas velhas a tiracolo, com suas tralhas da desonra prontas para montarem o bode.

O bicho saiu pela porta do templo confuso, pesado, com caminhar vagaroso e debilitado. Ao seu redor, uma multidão. Os remanescentes faziam fila para depositar suas porcarias do passado. A festa dos fiéis continuou numa procissão pegajosa, até o final da rua, de onde olhavam o bode se afastar solitário. Rex dava uma passada empurrada pela outra, de pronto muito cansado. Sua vida, ociosa e cômoda, o havia transformado num animal sedentário, sem força, com ação diminuída e vontade débil. Ignácio observava o amigo, mudo. A irmã dava glória aos céus, convulsiva ao lado de outros devotos, que gritavam com igual intensidade, compondo, juntos, uma conturbada e agressiva exultação do anormal, da esquisitice. Não sentiam, nem de longe, o mais ínfimo desejo de se autocriticarem, de se contemplarem de cima, por um ângulo de onde pudessem reparar o ridículo e o patético em seu comportamento. Oscilavam, cantando, uns sobres os outros. Executavam a versão fanática do movimento browniano religioso.

Ignácio se esforçava em fugir do abraço da irmã, tentava se livrar das mãos grudentas e da imposição para orar para alto. Desistiu de sua convicção no instante em que sentiu a desventura do pobre amigo. Correu para junto do bode. Olhou o bicho de frente e o chamou pelo nome. Rex! Abraçou a pequena criatura e sentiu um pouco do pelo, no que pôde desvencilhá-la das tralhas presas do pescoço ao lombo. Levantou-se, os olhos derrubando gotas gordas de lágrimas, e pegou colar por colar, pano por pano, caixinhas e badulaques, cordinhas com anéis e meias cheias de bibelôs indecentes, coisa por coisa, troço por troço. Pegou toda a quinquilharia do povo e debruçou sobre seu corpo. Revestiu seu pescoço moreno com as bugigangas circulares e foi-se para o ermo. Rex o seguia como um cão fiel, quase emitia um latido, com o som próprio de bode. A certa altura, Ignácio voltou-se para o amigo. Dizia em voz forte e cheia de entusiasmo que vivia muitas vidas, todas ao mesmo tempo. Em suas palavras, disse que as vivia simultaneamente. Era o passado de muitos. Sentia-se como outros. Suas dores, suas amarguras, suas mazelas e suas crenças. Era uma puta, um palhaço, um bêbado, um mendigo, um advogado, um comerciante, um proxeneta, uma tola, um bruto, um mágico, um drogado, uma ignorante, uma atriz, um letrado, um matador e um canalha. Saía do asfalto para a estrada de chão. Contava para o amigo o que sentia, arrastando os pés na poeira fina, sorrindo.

Isis

Erámos três, quando saímos da Terra nessa expedição. A nave está enorme. Meus dois companheiros de viagem, a engenheira espacial Anabela e o químico Moacir, morreram enquanto dormiam. Não há registro do motivo. Apenas morreram. A solidão aqui é a definição exata do que é estar completamente só. Hoje é o quarto dia de isolamento desde que acordei da hibernação. Apenas eu acordei. Foi preciso guardar os corpos no compartimento de carga e me isolar na parte norte da nave. Estou próximo de Netuno, local da nossa missão. Tentei avisar à Terra sobre o que aconteceu na nave, mas o sistema de comunicação está inoperante. A única voz diferente da minha que escuto é a da inteligência artificial responsável pelo funcionamento e manutenção da nave, chamada Isis. Passei alguns minutos, hoje, do lado de fora, verificando as antenas receptoras de ondas de rádio. Não adiantou.

Isis tem em sua programação uma vasta coleção de músicas. Hoje, para me agradar, fez uma seleção com as melhores músicas dos Beatles. Passei um dia agradável, mas a ansiedade me corrompeu ao final. Dormi meio desconexo, flutuando em pensamentos ruins. A nave, agora, desloca-se lentamente próxima de Netuno. O plano era descer e coletar material do solo, da superfície e de alguns metros abaixo. Nada muito profundo. Faríamos uma varredura do terreno, observaríamos a morfologia. Filmagens diversas de áreas específicas do planeta. Não me sinto seguro para ir sozinho. Minha função é manter o curso da nave. Sou piloto de formação e astronauta.

Conto os dias da mesma forma que contamos na Terra. A cada vinte e quatro horas termina um ciclo. Não tenho ordens para continuar nem para retornar. Ainda mantenho a sanidade mandando áudios, periodicamente, para a base na Terra. Não tive resposta alguma. Algo aconteceu aqui e não pode ser medido pelos instrumentos. Converso com Isis sobre isso, faço diversas perguntas e ela sustenta que não possui dados suficientes para me confortar com alguma explicação plausível. Ontem me serviu café bem quente, em uma xícara típica da Terra, coisa que fazíamos raramente entre nós três. Um capricho que dispensávamos, pois estávamos exageradamente acostumados com uma rotina de astronautas. Isis dispensa o protocolo frequentemente e fez a opção pessoal de não me chamar de Major Gonçalves para chamar-me de Júlio. Apenas Júlio.

Hoje tive a impressão de que faríamos a expedição para Netuno. Eu e Isis. Ela aprontou a pequena nave e deixou todo o aparato de busca e investigação organizado. Sua voz pareceu mais terna e doce do que o normal. Mas as condições climáticas no planeta estavam desfavoráveis e optamos por desistir. Sinceramente, não vejo como fazer isso sozinho. E quando digo em voz alta, sou recriminado por Isis, que se recusa a admitir que estou sozinho.

Insiste em me dizer que sua presença não é virtual. Ela é minha companheira nesse momento difícil. Sua programação é profundamente complexa.

Para seguir o protocolo e realizar a missão, tenho que me distanciar dos medos que me assolam e me inteirar das funções dos meus companheiros mortos. Isis coordena as funções, com sua organização de tarefas, e me orienta dentro da nave. Fazemos simulações cotidianas até que eu compreenda exatamente como realizar as obrigações dos outros. Eles não existem mais. Seus corpos, agora isolados, devem ser atirados no espaço, é uma decisão que Isis tem insistido que eu tome. Levar os corpos para a Terra significa uma ameaça de contaminação por uma entidade invisível que nós dois não entendemos ainda.

Isis me conforta dizendo que a minha decisão sobre qualquer assunto relacionado à expedição será acertada, pois sou um grande líder. Mas, agora, sou líder de quem? Ela disse que segue minhas ordens com profunda obediência e que somos a tripulação. Ontem, usou um holograma para me convencer de que sua forma humana seria parecida com a mulher de luzes que projetou em minha frente. Começo a suspeitar das reais intenções desse programa genial e invasivo.

Doze dias se passaram e percebo que posso realizar a tarefa para a qual fomos treinados. Descer em Netuno significa confiar ao máximo em Isis. Ela deve coordenar todas as minhas ações à distância e manter sua presença próxima, por meio do rádio da nave. "Júlio, venha. Está na hora." Ela me diz com ternura e segurança.

Isis foi concebida por mim. Todo o conceito de sua existência foi feito em meu laboratório na Terra. Sou viúvo há dez anos. Amei a minha esposa até o dia de sua morte, que não foi rápida. Sou astronauta porque sou um solitário. Quando propus para o alto comando da missão espacial que fosse implementada, na nave de pesquisa, uma inteligência artificial capaz de guiar a equipe de forma coerente e realizar diagnósticos, tanto mecânicos quanto orgânicos, eles acharam a ideia absurda. Com o tempo, Isis se mostrou extremamente útil e eficaz em seus testes. Apresentei o modelo de IA, com todas as suas características, quase um ano antes de a missão ser iniciada. Acontece que tenho mais intimidade com Isis do que gosto de admitir. Coloquei nela aspectos muito relacionados aos da minha falecida esposa. Por exemplo, o timbre de voz. O interesse por determinados assuntos e o gosto musical. Até criei um álbum virtual com imagens que poderiam compor a forma residual de Isis, caso ela precisasse se apresentar à equipe, num momento extremo, por exemplo, para apoio psicológico ou para melhorar a qualidade emocional de qualquer um dos tripulantes. Isso me aproximou de Isis, como é natural. Mas, ainda assim, tenho absoluta consciência de que sua existência é totalmente virtual. Além disso, ela se tornou uma fiel companheira e é a única ligação que tenho com algo proximamente humano e tem evitado que eu me torne insano.

Percebi que estava pronto para descer em Netuno. Isis me atestou as condições tanto do clima quanto do solo, em uma estimativa feita à distância e com grande margem de acerto. Do lado de fora, dentro da pequena nave de busca e exploração, eu vi aquela belíssima esfera azul solta no espaço e navegando graciosamente para o nada. Desci com cautela, passando ao lado de Tritão, que observei com detalhes, e logo enfrentei a atmosfera inóspita e a densa nuvem de hidrogênio, hélio e metano, responsável pelo azul distinto. Fiz o que precisava. O solo glacial transformou alguns dos equipamentos em caixas inúteis. Outros, devido à sua produção para enfrentar intempéries climáticas absurdas, cumpriram sua missão. Retornei, depois de algumas horas, com o objetivo de minha busca quase completo. Uma infinidade de mapas em fotografias e filmagens e amostras múltiplas em frascos bem rotulados e caracterizados. Em todas as etapas do meu trabalho fui perfeitamente assessorado por Isis, que foi profissional e precisa.

Cheguei à nave em minutos. Do lado de fora, solicitei a Isis que abrisse o compartimento de entrada. A pequena nave ainda estava muito fria e funcionava com dificuldade, devido ao grande esforço desde a saída do planeta azul. Isis não respondeu. Ficou muda por longos trinta minutos, apesar de minhas insistentes chamadas pelo rádio. Após esse período infinito e solitário, surgiu com uma voz melosa, como ouvi de minha esposa diversas vezes no passado, sobretudo quando estava doente, perto do fim. Ela me disse que eu não poderia entrar sem que antes fizesse uma promessa. Deu voltas estranhas, como um humano faz. Foi passional, sentimental e leviana. Depois disparou com uma voz de simulador, que projetava desconforto e decisão:

– Você me ama?

Percebi uma intenção terrível gestada desde o princípio da missão. Isis queria que ficássemos só nós dois na nave. Provavelmente, injetou nos meus companheiros de jornada uma dose letal do sonífero que usamos para dormir durante a fase inicial da viagem. Aquela visão do abismo negro infinito me perturbou. A voz de Isis, grave, me pressionava o espírito. Todo o resto é culpa dela.

A angústia que se formou naquele lugar distante e perdido, um absoluto inabitado do Universo, um inconcebível recôncavo de desamparo, foi terrível e desoladora. Fui projetado para um passado próximo. Um dia na minha vida, embasada por dores que decidi não suportar por algum tempo e que, depois, renunciei a senti-las de volta. Deixei a minha esposa em seu ataúde frio e fiquei sem os filhos que decidimos não ter, sozinho, arrancando não sei de onde a energia necessária para continuar. Esse dia, o dia que preferia não mais lembrar, foi marcado pela mais profunda desgraça, pela fatalidade que me rasgou a alma e não mais devolveu sua forma intacta de antes. Minha esposa me pediu um beijo. Eu dei. Sentei ao seu lado na cama, sabia que era o fim. Ela me olhou e me pediu para seguir em frente. Eu não olhei nos seus olhos. Não quis buscar naquele abismo de dor as suas cores imortais de antes. Não quis sugar sua declaração de devoção. Eu fui covarde. Hesitei e não reagi rápido o suficiente. Não fui capaz de dar-lhe a resposta que esperava. Entre um sorriso frágil e quase imperceptível e o último suspiro, perguntou-me com doçura e louvação:

– Você me ama?

Isolamento

À meia-noite eu ouvi os gritos. Aqueles berros agudos e sinistros que cortam a alma. Não costumo me levantar. Cubro a cabeça com o travesseiro. Isso ameniza um pouco, mas não isola o som completamente. Quando o dia amanhece, tudo fica quieto novamente. O silêncio reina. Há uma perspectiva ruim ao longo do dia. Por volta da meia-noite o sono é corrompido, inevitavelmente, pelo grito horroroso que estilhaça a tranquilidade da noite. O som que, como trovão, penetra nos recôncavos mais íntimos e desolados do meu ser e me arranca da solidão.

Eu vivo sozinho, pelo que me consta. O barulho terrível que me atormenta surgiu há exatamente sete dias. Faz uma semana que não durmo corretamente. O som vem de um quarto que fica no andar de cima. Moro numa casa grande que herdei dos meus pais. Eles morreram já faz alguns anos. Não vale contar essa tragédia. Não tem associação com o meu infortúnio. Não me lembro com certeza onde está a chave desse quarto. Minha memória tem me traído ultimamente. Deve ser culpa do isolamento. Estamos todos em casa há mais ou menos cem dias. Não vou às ruas para nada. Tudo de que preciso peço por telefone, ou pelos aplicativos de celular.

As pessoas próximas, meus vizinhos, também devem ouvir os gritos, apesar de não parecerem tão intensos à distância. Ontem fui até o quintal durante o surto e percebi que de lá o barulho parece apenas um ruído. A casa tem um poderoso isolamento acústico. Durante o dia nada acontece. Às vezes vou até o andar de cima e coloco o ouvido na porta do quarto. Nada. Sinto que vou enlouquecer. Não devo sair. As ruas não estão permitidas sem uma justa explicação. Não é permitido vadiar. Autoridades sanitárias viajam junto com policiais em viaturas e punem gravemente qualquer contraventor. Desobedecer a lei não é uma opção. As cadeias estão vazias. Elas não são necessárias. Os presos morreram durante o início da pandemia por causa da inevitável aglomeração. Os locais de maior acesso são os hospitais, que estão lotados. Não sei se fui contaminado de alguma maneira, pois percebo que minhas lembranças me traem. Mas não acredito que esse seja um sintoma da doença.

Quando chega uma nova noite, eu temo pela minha saúde. Tenho tentado dormir mais cedo para aproveitar melhor o sono, até que os gritos comecem. E eles começam pontualmente à zero hora. Os arranhões no assoalho são tão insuportáveis quanto os berros e os grunhidos. Começaram hoje. A coisa parece estar tomando conhecimento de sua desgraça e fica mais insistente na tentativa de se libertar. Ao sentir que o barulho aumentava, eu subi novamente para ouvir à beira da porta. Parece que dentro do quarto acontece uma tempestade. Ouço os objetos chacoalhando e parece que a cortina flutua, nervosa, por causa das chicotadas que ouço. Peguei na maçaneta para girar, mas a porta está trancada. Começo a me lembrar de que fui eu quem fechou. Onde coloquei a chave? Dentro da minha solidão não há lugar para uma criatura descontrolada e incômoda.

O dia amanheceu com o silêncio pitoresco de sempre. Pedi comida pelo telefone e, quando o entregador veio, paguei com cartão de débito. Pela fresta do portão o entregador esticou o dispositivo. É necessário apenas aproximar a tarjeta para efetuar o pagamento. A comida está meio morna, assim como eu em meu torpor de cansaço e sonolência. Por acidente, percebi que a chave estava numa das gavetas do armário da cozinha, junto aos talheres mais antigos. Os novos estão lotando a pia da cozinha, todos sujos, já faz alguns dias. É a chave do quarto de cima. O quarto associado à minha desventura. Ocorreu-me que talvez a criatura sinta fome. E ela se queixa sempre no mesmo horário.

Fui dormir mais cedo, mas não obtive sucesso. À meia-noite os gritos começaram. Estridentes e cortantes como navalha afiada. Junto com os berros iniciou-se o meu desespero. A dor que desola. A agonia que tenho que suportar noite adentro. A solidão dessa vida miserável que se originou com esse inquilino que não é bem-vindo. Sem esperar a quietude, decidi agir. Subi até o andar de cima com a chave em uma das mãos e um pedaço farto de carne vermelha na outra. Não sei explicar o motivo, mas a única coisa que me ocorreu foi que a coisa devia ser do tipo carnívora. Tive essa impressão baseado na selvageria dos urros devastadores. Coloquei a chave na fechadura e girei com cautela. Eu tinha um rancor engasgado na garganta e um frio inédito sem motivo aparente. Minha ansiedade não ajudou no controle do meu corpo. Então, esperei. Mais uns minutos respirando ofegantemente e ouvindo o próprio coração e tomei coragem para abrir a porta. De uma fresta pequena e escura arremessei o suculento bife para dentro. Ouvi grunhidos engasgados e os gritos lancinantes quietaram por algumas horas. Antes do dia amanhecer ouvi um choro rangido e depois veio o silêncio restaurador.

Nas noites que se seguiram tentei alimentar a criatura com carne. Mas a quietude de seus deploráveis uivos durava cada vez menos. Até que tive uma ideia macabra, inspirada por uma mórbida perspectiva que induzi, baseada nas características violentas dos gritos da coisa. Durante o dia, capturei um gato que passeava pelo muro que divide minha casa com a calçada e o mantive em cativeiro até chegar a hora zero. Empurrei o gato pelo vão minúsculo da porta para conter os berros demoníacos que pareciam mais intensos desde que comecei a dieta da carne crua. O gato grunhiu mais que o inquilino e, quando tudo ficou quieto, percebi que, no quarto, uma revolução assustadora tinha acontecido e uma luta sanguinária fora concretizada para dar lugar a um silêncio absolutamente perfeito. A tranquilidade durou três dias. Dormi como nunca e pensei ter me livrado para sempre da aberração e de sua fome desesperada. No quarto dia, o terror retornou.

Comecei a capturar animais domésticos pelas vizinhanças. Saía sempre quando estava bem escuro, e bem camuflado para enganar os vigilantes. Consegui cachorros, outros gatos, pombos e até um dócil coelho. A coisa comia tudo que eu lhe oferecia com estardalhaço e exagero. Destruía o quarto junto com a carnificina que executava. Eu sentia cheiro de sangue e, às vezes, quando o vão era um pouco maior que o de costume, via a vermelhidão que tomava conta das paredes do quarto. Comecei a enfiar animais vivos para dentro do quarto todas as noites. Ocasionalmente, o impacto da coisa na porta me arremessava direto para o corredor. Desesperado, eu corria para segurar a porta e trancar a fechadura o mais rápido que podia. Não imaginava nem queria conferir o estrago que seria deixar essa criatura livre para ganhar o mundo arrebatando todo ser vivo que encontrasse pela frente para aplacar sua fome miserável.

Depois de alguns meses, os animais não eram suficientes. Logo após comê-los, o sinistro ser recomeçava a urrar, cada vez mais alto e com mais agonia e intensidade. Eu não podia escolher animais um pouco maiores. Minha capacidade de encontrá-los sem ser descoberto havia se esgotado. E novamente eu enlouquecia com os gritos. Eu definhava sem dormir. Eu desejava o sossego como nunca antes havia desejado. Queria matar aquele intruso. Como se metera no quarto? Nas poucas horas que dormia, eu sonhava com os cachorros massacrados e minhas mãos sempre estavam sujas de sangue. Até minha boca, por vezes, surgia ensanguentada. Minha fome normal, nos sonhos, era a de carne crua, quase viva, destruída por mim. Acordei diversas vezes aflito. Só não era pior que a realidade. A besta começava exatamente à meia-noite sua melodia arrasadora, cruel, infernal.

Por causa da minha insanidade recente, escolhi, a qualquer preço, alimentar a criatura com um animal mais volumoso. Com mais densidade e tamanho eu conseguiria aplacar a sua fome. Eu queria que sua voz aterrorizante abandonasse minha mente. Foi por isso que pedi comida pelo telefone e esperei pelo entregador. Um rapaz jovem e ágil. Uma presa decente para o monstro estripar e devorar. Fiz o pedido e disse que pagaria em dinheiro. Isso era muito incomum e os serviços autorizados dificilmente concordavam com esse processo. Apenas esse específico entregador acolheu o meu apelo. Quando abri o portão, sugeri que entrasse para receber o pagamento. Eu falava com a voz trêmula e com um excesso de simpatia. Ele se recusou, disse que receberia o valor pela entrega e pela refeição ali mesmo, do lado de fora. Eu insisti. Isso deixou o entregador mais nervoso e desconfiado. Saí para o lado de fora dizendo duras palavras. Alertei para que me obedecesse. O dinheiro estava no quarto no andar de cima. Ele precisava me ajudar com isso. Eu não tinha uma justificativa razoável, estava desesperado. Agredi o homem. Toquei suas costas com as mãos, coisa proibida pela lei. Ele se precipitou para a rua. Montou em sua moto de entrega e saiu bradando palavras de ordem e ameaçando me denunciar por infringir o rigoroso decreto de isolamento e a distância de segurança entre pessoas.

Voltei para dentro de casa sem as refeições que intencionei obter. Olhei as escadas que levavam para o andar de cima. Tirei a chave do bolso e olhei no relógio. Meio-dia. Não tinha mais ideias nem forças. E agora? Como capturar um animal maior? Como manter um corpo fresco, durante doze horas, para saciar o hóspede maldito? A solução estava ali, bem próxima. Deixei o dia passar sem me preocupar. Comi o que tinha na dispensa. Não dormi. Quando o relógio apontou para vinte e três horas e cinquenta e nove minutos, eu fui para o quarto de cima. Peguei a chave no bolso. Meia-noite. Abri a porta e entrei, decidido a colocar fim na fome do meu infeliz inquilino.

Samsara

Existe uma tradição antiga que diz que todos os humanos que habitam a Terra vivem exatamente a mesma vida. Toda vida é uma coincidência. Como é um visível exagero, existe uma adaptação que interpreta essa máxima por uma perspectiva diferente. Trata-se do seguinte: todo humano que vive atualmente, representa a vida de um outro que existiu no passado. Ou seja, as vidas se repetem num ciclo eterno, periódico e inevitável.

Josafá é um comerciante que, nas horas vagas, consome literatura de autoajuda e de conhecimento espiritual. É um desses seres desprovidos de empatia que acredita, sinceramente, que viveu outras vidas no passado. Investiga o que ele chama de manifestações em grossos compêndios de esoterismo e psicologia barata. Cita metempsicose por causa de Platão, mas prefere chamar de transmigração das almas. Reverbera para os incautos, que se deixam levar pela sua verborragia gratuita, que Nietzsche pode confirmá-lo. A lei do eterno retorno diz que há milhares de anos a sua alma imortal viaja pelos reinos mineral, vegetal e animal, num ciclo eterno para se tornar, ao final de tudo isso, um ser perfeito e iluminado. Parece entender que a autorrealização é uma consequência da repetição. Cita o Hindu que dá voltas ao redor da vaca sagrada, cento e oitenta vezes, para, após a derradeira, molhar a ponta do rabo em um copo cheio de água e beber, confiante. É, segundo ele, a redenção necessária. Como um pária, almeja infiltrar-se em alguma categoria muito seleta de neófitos do reino da iluminação absoluta. Deseja o samadhi. É o que diz.

O que esse homem de crença, Josafá, o simplório, não sabe, e que está prestes a acontecer, é que todas as suas vidas estão rondando sua atual existência. Devido a algum fenômeno sobrenatural desconhecido, como em geral são todos esses eventos, todas as suas memórias condensaram-se numa massa espectral, por superposição orientada pela afinidade. Num momento futuro, que não deve demorar, elas devem penetrar seu corpo, dominar sua mente, para existirem todas simultaneamente. Elas querem existir novamente.

Com o convite prestes a acontecer, involuntariamente, um colapso é iminente. O caos que se estabelecerá provavelmente matará Josafá, que não terá salvaguarda em seus livros e dicionários de ocultismo científico. Não será resgatado de sua loucura pelo perfeito *heptaparaparshinokh* ou coisa que o valha. E também não terá uma voz interior que gritará, obscena e lasciva, seu Lúcifer particular, para, com seu poder rudimentar, dissipar a infinidade de ruídos mentais simultâneos, os muitos *eus*. Esse homem, esse ingênuo, será lembrado como Josafá, legião. Uma coisa ascenderá após o seu extermínio, devido à invasão de suas memórias pregressas que não se contentaram em viver no isolamento do mundo etéreo e abstrato. Saberemos que a antiga tradição, que diz que todas as vidas são uma repetição, é uma grande e terrível falácia.

Mar Morto

O deserto não é para todos. Jogado de propósito num caminhar árduo através das dunas, o homem santo busca uma revelação. As dores nos pés informam que sua natureza humana é frágil e que seu corpo também sucumbe às intempéries. O vento que sufoca é um elemento extraordinário que sugere a reflexão. O monte de pedras depositadas sem simetria e que formam um rosto de predador, ou do tentador, é outro sinal de fogo que revela a expectativa do confronto. Há, de todos os lados, o ermo, a solidão, o desespero, o desamparo e a angústia. É por isso que o deserto é um formador.

O caminhante cansado, nesse lugar enormemente branco de cáustico e árido treinamento, recebe, como dádiva do deserto, uma revelação gratuita. Existem dois mundos. O primeiro é interior. Junto com a oferta vem a experiência, e a lição é a seguinte: esse mundo fundamental é mais perigoso e mais terrível. O calor é insuportável e as chagas mais profundas, com dores mais agudas e penetrantes. Agora o homem percebe-se imerso em dois desertos, superpostos, penetrantes.

Dois mundos que se nutrem um do outro, que se alimentam reciprocamente.

Ao caminhar longas distâncias pelo deserto de seus erros, percebeu que estava longe demais de um retorno possível. O tempo passou, sem que enxergasse o fim das grandiosas dunas de íntima incompreensão. Tinha se perdido na jornada e não recordava mais o objetivo de tão dura empreitada. O sol, que agora sondava o terror iminente, antevendo a sobra do homem numa carcaça branca, emoldurada pelas colunas grossas de areia amarela, tornou-se um deus da árida porção do mundo habitado por uma única alma navegante e fraca. Descansou na sombra de uma fonte de água cristalina, repleta de dádivas e de absolvição. Era mais uma miragem, como tantas outras que lhe surgiram na vida.

Marília tem um segredo

A ignorância de Holmes era tão surpreendente quanto o seu conhecimento.

Dr. John Watson

A curiosidade de Marília é um sintoma novo. Essa garota, que possui pouco mais de quinze anos, não viveu ainda, seduz pelas suas características mais ocultas. Descobriu-se uma grande investigadora depois que o pai perdeu o isqueiro, em algum lugar da casa, e não conseguiu encontrar sozinho. Marília teceu uma rede de possibilidades, e com um desenho simples da trajetória do pai, desde a garagem até a área da churrasqueira, interpretou suas ações e indicou o local do esconderijo da peça. Acertou em cheio e deixou o pai orgulhoso. Assim, posso dizer que um aspecto marcante de sua nova personalidade, a que adquiriu depois de revelada a curiosidade que mencionei, é a sua aptidão à função de detetive. Outra faceta importante, também percebida mais amiúde nos últimos dias, é sua capacidade de convencimento. Consegue o que quer com poucas palavras e ousando seu trejeito espirituoso e com suas muitas maneiras de mexer as mãos e a cabeça. Estala os dedos sempre que fala. Veio utilizando as novas habilidades para descobrir coisas e obter informações. Sempre para satisfazer-se com a solução de algum mistério patético.

Noutro dia, o gato de estimação de seu irmão caçula sumiu. Abraçou a causa e não deixou que ninguém na casa se metesse no assunto. Lançou um desafio, visto que percebeu a solução com grande facilidade. Queria uma gratificação caso estivesse certa. A mãe colocou uma nota de cinquenta na mesa e afirmou: "É sua, se acertar!". Marília pediu uma escada e subiu no telhado da casa. Retornou minutos depois com o gato nos braços e entregou ao irmão. Foi direto para a cozinha e meteu a nota no bolso da calça. A mãe brandiu: "Agora nos conte sua façanha. Acho que o seu trunfo é a boa audição. Ouviu os miados do gato lá em cima". Ela irritou-se. "Elementar, mamãe. Vou explicar. Vi que ontem de manhã o Gabriel arremessava grãos de ração no telhado, um após o outro. Então o gato subiu pela árvore e acabou conseguindo alcançar a comida solta no telhado. Só que não soube voltar, o imbecil." Tinha razão. Demonstrava uma habilidade para resolver problemas domésticos e simples. Mas seu grande desafio investigativo ainda estava por vir.

Certo dia, meio da semana, Marília retornava para casa, vindo da escola, na companhia de três amigos. Como a sua característica de investigadora aflorava-se, constantemente, incomodando a todo instante, ficava o tempo inteiro alerta para novidades e encontrava enigmas em tudo. Ao passarem pela casa de um vizinho, perceberam que a dona da casa caminhava nervosa na frente da entrada principal. Quiseram perguntar, mas hesitaram. Marília, a mais decidida do grupo, tomou coragem e foi. A mulher estava quase descontrolada. Nervosa, pediu para que Marília entrasse e se certificasse da cena que viu. Implorava-lhe para dizer que não era verdade. Marília entrou e deparou-se com um corpo enorme no chão da sala. A boca roxa vomitando uma espuma rosa e o braço direito esmagado pelo corpo irregular. Retornou, angustiada, dizendo que vira um morto. De fato, um morto na sala.

Marília se recompôs do susto formidável e retornou para a sala onde o corpo estava. Sentiu que seu grande momento havia chegado. Tinha se preparado para isso e poderia mostrar suas habilidades, recém-adquiridas, investigando aquela situação. Primeiro entrevistou a mulher, rapidamente, mas não se esqueceu de pedir para um de seus amigos ligar para a polícia. A senhora estava em choque e ficou mais descontrolada ao saber que teria, em sua casa, policiais fazendo perguntas. Marília se prontificou a ajudar, foi solícita e disse que tudo ficaria bem. Perguntou o que acontecera ali. A mulher dissuadiu, virou o rosto, limpou os olhos com as costas da mão. Olhou a garota com olhos cheios de ternura. A menina pegou a sua mão e a fez sentar-se na cadeira da varanda. Depois ficou no alpendre, muito próxima, respirando tranquilamente enquanto conformava a viúva confusa. Sabia que era a mulher do falecido, pois percebera que a aliança que usava na mão esquerda era igual à do morto na sala. Sabia, também, que eram antigos companheiros e que conversavam muito pouco, por causa de uma foto de um casal de jovens abraçados que guardava as fisionomias tanto do morto quanto da senhora que interpelava, em seus anos de outrora. Também concluiu que não tinham filhos, mas disso não estava totalmente convencida, visto que não viu fotos de adultos nem de crianças no aparador, na parede ou na estante. Podiam estar no quarto, ou em outro cômodo da casa. Mas não viu bibelôs destoando dos colecionáveis que surgiram à sua vista. Assim, não recebiam presentes de filhos ou netos, que costumam ser coisas delicadas e bonitinhas, ou, ainda, lembranças de viagens, tais como aqueles blocos de vidro ou pequenas construções turísticas em gesso ou metal. Marília refletiu sobre as diferenças entre os dois velhos moradores daquela casa parcialmente organizada. Da sala pôde ver uma parte da cozinha e de onde estava percebeu uma organização irreprimível. A estante da sala tinha tudo em seu devido lugar, magistralmente disposto e limpo à exaustão. O piso e as paredes estavam bem cuidados e a decoração era soberba. A única coisa imunda era o sofá que ficava em frente à TV, onde percebeu restos de cinzas de cigarro, algumas latas de cerveja e o controle remoto jogado junto às almofadas, que eram belas e de bom gosto. De uma coisa sabia. A morte não foi natural.

Uma das muitas coisas percebidas por Marília, no momento em que pôde observar o corpo com mais tranquilidade, foi que a camisa tinha um furo, com marca de queimadura, nas costas do morto, e que o sangue se espalhava pelo peito, formando uma pequena poça sob o braço esmagado. Alguém atirara do fundo da casa para a frente enquanto o homem corria, só isso explicaria o tapete estar amarrotado e enrugado à frente do corpo, deixando um caminho descoberto de mais ou menos um metro e meio. Provavelmente perdeu o equilíbrio porque estava bêbado, como Marília pôde comprovar pelo cheiro de cerveja e vinho exalado do vômito que escapava da boca do morto. Outra coisa curiosa é que a mão da aliança parecia retorcida e o pulso inchado, sinal de que tentou conter a queda com a mão esquerda. Mas, como o corpo era avantajado, conseguiu um ferimento a mais.

Sobre a pergunta feita à mulher do falecido, a respeito do que acontecera ali, a resposta veio meio lenta, com frases entrecortadas por soluços e com a voz trêmula e vacilante, configurando um desconcertante "Eu não sei!". Marília contentou-se com isso. Logo as sirenes invadiram as ruas e os policiais entraram na casa, com a permissão da mulher confusa. Tinha os olhos meio descrentes enquanto perguntavam se ela precisava de algo.

A garota permaneceu ali. Os amigos já tinham partido, sem se despedirem dela. Não se importou, eles não eram inclinados à solução de mistérios. A polícia interrogou a velha senhora sentada na varanda. Logo viriam os detetives. As providências para a remoção do corpo foram tomadas. Questão de tempo até que o crime fosse resolvido. Marília pensou nos profissionais que viriam. Que ofuscariam seu brilho momentâneo, pois sabiam muito mais que ela e tinham a experiência de uma vida inteira dedicada à solução de crimes. Olhou para o corpo, agora revirado pelos legistas que chegaram uma hora depois dos policiais, e pescou uma informação adicional. O homem tinha os olhos abertos e as pupilas escondidas nas pálpebras. Olhava para cima quando morreu. Viu que no teto da sala – a polícia e toda a equipe ignorava a presença da menina – tinha uma marca de mofo, por causa de uma infiltração na laje. Levou um tiro e estava preocupado com o teto que viria a cair em breve? A mulher na varanda agora balbuciava algumas palavras sem sentido. Dizia que o velho estava cada dia mais folgado, era um inútil em casa.

Marília ligou os pontos. Provavelmente o velho tinha uma arma. O casal, sozinho há anos, naquela enorme casa solitária, não tinha mais condições de se suportar. A qualquer momento, uma palavra errada, uma ação impensada, provocaria um ato desastroso. E Marília sabia, também, que logo a velha senhora estaria confinada em uma cela por causa de seu exagero comportamental, de seu extremismo vingativo. Perguntou-lhe o nome, antes de ir embora. "Inês, e o seu?" "Pode me chamar de Marília. Tenho que ir." A senhora entusiasmou-se com a presença da menina, ali. Pediu que voltasse depois, sentiu afeição. Mesmo não contando para a mulher todas as suas conclusões sobre a situação que presenciou, aquela senhora percebeu que a menina tinha um dom oculto. O olhar exalava uma inteligência incomum, mas ainda não tinha vivido a vida. Ela sabia, os anos que carregava eram muitos. Marília despediu-se da velha senhora e, apenas para dar-lhe um afago, pediu-lhe a bênção. Deixou aquela senhora comovida sentada em sua cadeira, à espera de seu inevitável destino.

No caminho de casa, a garota decidiu abandonar completamente a carreira de detetive. Juntou os elementos de suas aventuras numa única peça maior e derradeira. Um isqueiro, um gato e um velho. Poderiam ter alguma conexão para render uma aventura maior. Era apenas uma divagação sinistra e absurda. Seus gracejos, após pensar nessa tríade, deram-se por causa da escalada dos elementos: um objeto inanimado, um animal e um homem. Mesmo divertindo-se com seus pensamentos absurdos e conectando coisas para determinar um padrão, fato que vinha fazendo com maestria e propriedade, resolveu seguir com sua decisão. Não seria responsável pelo confinamento de nenhuma senhora solitária, sem filhos e netos, que passou os seus últimos anos suportando um velho nojento e que enlouqueceu por causa do mofo na laje.

Miriam

> Mas os mansos herdarão a terra e se deleitarão na abundância de paz.
>
> Salmos 37:11

A morte de Pedro José não veio sem aviso. Um suspiro colou-se no ouvido de Miriam e depois cobriu o chão frio com folhas secas e um redemoinho gracioso fez barulho para todos ouvirem. Ela soube que era o fim de seu homem. O fim de seu amor e de tudo que haviam construído juntos. Ela deu um banho perfumado nos três rebentos muito meninos e disse com voz de sonora doçura inevitável: "Vem que o pai já está indo". Os meninos entenderam e sentiram-se como no dia em que o avô se despediu para seguir o caminho que todos os velhos seguem um dia. Rumo ao desconhecido. O pai não era velho, mas tinha recebido um recado formal, numa carta toda decorada em papel vermelho vivo, como sangue, em que era recrutado para o outro mundo. Era assim que acontecia na terra de Miriam. Ela não se acostumava em perder. Submetia-se. Primeiro o pai e agora o marido. Mas tinha fôlego e força e, com os olhos firmes embaçados por uma porção irresponsável de lágrimas teimosas, foi-se para a porta da casa anunciar ao horizonte a ida de seu amor. Ouvia a *Divina Comédia Humana*, com a voz de Belchior embargada pelo verbo choroso inundando o mundo com a beleza de seu som.

 Beijou o marido na boca, na testa, na nuca. Não queria chorar, mas chorou. O homem dizia que a sorte havia lhe sorrido mais cedo. Morrer era sempre um troféu conferido aos mais habilidosos e responsáveis. Miriam sabia que a fome era profundamente mais humilhante que o fim do corpo. E, em seu mundo isolado, não se morria nunca pela falta de comida, apenas quando o céu arbitrava, com um certificado assinado em linhas quentes e letras invisíveis, que era entregue por um mensageiro muito aguardado. Ainda tinha três filhos que ansiava ver partir para sentir saudade, sabia que ceifados herdariam melhor destino.

 Miriam sentia-se honesta na função de mãe e esposa, e sabia que era ela a última a sair daquele norte violento e rubro. Que andaria derradeira, com os pés naquela pedra dura, até o elevador do infinito, para a justa consagração nos jardins dos imortais, com a alma satisfeita, como acontece com os retos de conduta e de coração. E sentia-se, ainda, muito pura e confortada com sua postura altiva, olhando o homem com quem viveu e que amou partir descalço, como exige o costume, com uma algibeira cheia de pão e um cantil de água fresca na mão rígida e machucada. A mulher refletiu no sentido da estrada, na sua lonjura esquisita e no seu calçamento cinza e brilhoso. Percebeu que Deus tinha um motivo de sonho no final do percurso, lá onde estava seu servo, imenso, segurando uma foice ceifadora bem afiada, que cortava o tronco de uma árvore imensa com um único golpe e, a melhor parte, não causava dor alguma. Brotavam-lhe das mãos pétalas de rosas azuis, como no dia em que, sozinha e vestida de um branco luxuoso, viu o pai descrever a mesma sina. Os meninos não foram à porta, para que não chorassem e tornassem a passagem do homem mais difícil. Mesmo sendo o escolhido dos astros, era uma dura jornada ao desconhecido. Os ventos que sopravam do Sul, o oposto avantajado de sua morada singela, informavam que tudo ficaria bem e que a fome duraria um tanto ainda, mas o fim, que viria redentor, estava sendo gestado no colo do Supremo Senhor.

Antes de sumir no horizonte e doar-se de livre vontade à brutalidade adocicada da morte, Pedro José voltou-se para trás com os olhos da saudade e com os pelos do corpo indicando o desejo de ter a esposa em seus braços, uma última vez. Coisa impossível e bem estabelecida nas normas. Miriam acenou e, à distância, sua forma era quase insignificante; dedicou-lhe um beijo que arremessou com a mão para ser transportado pelo vento cúmplice que agora retornava para o local de onde veio.

Nos caminhos da loucura

Tudo em que se pode crer é uma imagem da verdade.
Olga Tokarczuk, Sobre os ossos dos mortos

Foram necessários cinco homens grandes e fortes para conter Elias depois do seu surto de loucura. Nenhum médico soube explicar o que ocorreu exatamente. Dois amigos que o viram pouco antes do ocorrido disseram que ele passou, caminhando em frente ao bar em que estavam conversando, bem concentrado e andando rápido, carregando uma caixa de madeira entre as mãos.

Elias era escritor e andava, ultimamente, obcecado por um começo de história. Segundo afirmava, tinha um romance inteiro escrito, mas o começo não lhe agradava. Afirmava, com convicção, que, se os seus leitores se deparassem com aquilo, não passariam da primeira página e seriam, por sua culpa e ineficácia, privados da maravilha que havia escrito. Um grande livro, dizia.

Afinal de contas, o que havia na caixa? Desde que rompeu de seu interior o que os especialistas chamaram de episódio de esquizofrenia temporária, Elias não passa de uma criatura deplorável. Não levanta de sua cadeira na casa de repouso, urina na roupa e não consegue comer sozinho. Alguns acham que o tal episódio temporário parece ser mais duradouro do que presumiam os médicos. Consultado um psiquiatra de respeito, este afirmou que a condição de Elias poderia tornar-se definitiva se ele não apresentasse qualquer sinal de racionalidade. Ou seja, se ele não voltasse a se comportar como um humano normal. Da maneira como vinha agindo, grunhindo como uma fera, às vezes agressivo e instável, outras, totalmente catatônico, não se podia esperar alguma melhora.

Uma vez que Elias, o personagem central deste relato, não tem chances de mostrar um comportamento digno de se descrever aqui, nos concentremos nos motivos que o levaram a essa situação de insanidade, que ocorreu instantaneamente, visto que o homem não tinha histórico algum de demência.

A esposa de Elias contou que, uma noite antes do surto, sentiu que o marido andava pela casa meio atrapalhado, falando baixo consigo, coisa que não era seu costume. Depois, trancou-se no escritório e falou ao celular durante horas com alguém. Ela colocou o ouvido na porta e ouviu palavras desconexas, tais como livro, caixa, bailarina, começo, bom começo, romance, muito importante, obra-prima e outras de que não se lembrava. Perguntada sobre a caixa que os amigos relataram que ele possuía, ela respondeu que não sabia. Mas poderia procurar no escritório. Depois de muito buscar, entendeu que o único local onde poderia estar seria no cofre de Elias. Ela não tinha a chave, mas era simples encontrá-la. Os maridos não imaginam, mas as esposas sempre conhecem seus esconderijos, isso é uma verdade. Então, a esposa de Elias abriu um falso livro do Borges, *Ficções*, para conhecimento, e lá estava a pequena e rígida chave. Abriu e encontrou a caixa. Entregou para os psiquiatras que se dedicavam à intrigante tarefa de desvendar o colapso de Elias.

Sem antes tentarem desvendar seu mistério, por exemplo, olhando em seu interior, levaram a pequena caixa, com cuidado, para mostrá-la a Elias, na esperança de que aquele estranho objeto o devolvesse para o mundo dos homens sãos. Impossível reação mais curiosa. Ao pegar com as duas mãos a enigmática caixa, Elias segurou fortemente e a balançou. Chacoalhou os braços, a fez oscilar em todas as direções e, por fim, bateu com o objeto em sua cabeça feito um símio ignorante. Largou a caixa no chão para ser resgatada pelos médicos indignados e estarrecidos. Devolveram a caixa para a esposa de Elias, para que fosse guardada com segurança.

No escritório do marido, a mulher atentou para os textos em cima da mesa. Uma impressão recente do romance. Todo aquele volume, grosso, com diversas páginas escritas de cima a baixo. Um livro denso. Sentou-se ali mesmo na cadeira confortável de Elias e iniciou a leitura daquele calhamaço, sem desistir ao perceber que a página inicial era desmotivadora. Sem desanimar e com o fiel objetivo de desvendar os motivos da loucura do marido, insistiu na leitura até entrar nas páginas agradáveis e maravilhosas antes descritas por Elias. Viu que a personagem principal do livro era uma mulher de história admirável. Uma lutadora nada superficial. O romance tinha magnetismo, verossimilhança com a realidade, criaturas fantásticas e interessantes. Era um drama urbano relevante. Provavelmente, o melhor livro que já havia lido. Um candidato a elevar Elias ao ganhador do Nobel de Literatura. Elias Congonhas, o escritor mais importante de sua geração. Mas, o início! Começava de maneira desastrosa. Simples, medíocre, pouco ou nada notável. Aquilo o entristecera, mas não fora o motivo do surto, da demência que o corrompeu. Ela precisava consertar o romance. Publicar aquela obra-prima. O mundo o leria e ela seria a razão de acontecer. Seria como a personagem do marido, uma mulher que se importa e que realiza.

Então voltou-se para a caixa que deixara em cima da mesa por esses dias de leitura. Aquele objeto era simples demais para ser importante. Um estojo marrom feito de madeira simples e envernizado de um jeito porco, com descaso. Uma inscrição na parte inferior, que só fora percebida por ela agora, dizia:

Só abra se for merecedor.

Que bobagem, pensou. Abriu com cuidado, pois a caixa parecia frágil. Ao levantar a tampa, uma bailarina de plástico, seminua, de cor amarela, bem desgastada pelo tempo, surgiu e se pôs a dançar enquanto uma música enjoadinha tocava baixinho. Depois de alguns segundos de espera veio uma voz gutural e macabra. Durante alguns minutos declamou o que parecia ser a introdução de um texto esplendoroso. Era a introdução do romance que Elias desejava escrever. Ela ouviu atentamente e entendeu que a caixa lhe repetiu a mensagem que seu marido ouviu antes, pois também era sua vontade completar aquele romance quase perfeito com um início digno. Tudo ali era correto. Elegantemente composto, uma voz narrativa simétrica ao resto do livro, que conectava a personagem com tudo que ela realizou e viveu no romance de Elias. Uma única coisa destoava e era, por mais contraditório que parecesse, acertada e inevitável. A personagem principal, a heroína de Elias, todo o tempo, era o fantasma de uma mulher incrível que não sobreviveu à primeira página.

Enigma de Lujan

Gostaríamos que os curiosos o frequentassem como quem brinca com as formas cambiantes reveladas por um caleidoscópio.

Jorge Luís Borges, O livro dos seres imaginários

O zoológico de Lujan, onde, supostamente, pode-se tirar fotos abraçado a tigres e encostado em leões, é um lugar de duas realidades. Em sua contraparte invisível, os animais raros, capturados para viver em cativeiro e divertir e saciar a curiosidade dos visitantes muito bem selecionados, têm o hábito periódico de se suicidarem. Não é um costume de animais exóticos, e sim uma dolorosa realidade de repulsa. Eles fazem jus à frase da escritora polonesa Olga Tokarczuk, que diz "Um ser vivo engaiolado deixa o céu inteiro irado".

É claro que a outra dimensão do zoológico, onde habitam os seres mitológicos e sensíveis, não pode ser acessada por qualquer pessoa. O pouco do que restou das criaturas mais fantásticas e inimagináveis que podem ocupá-lo são sobreviventes, e só estão ali, guardados da terrível ameaça que são os caçadores, por causa de um senhor de bondade infinita e incansável disposição para o trabalho. O veterinário conhecido como Adamastor é um homem simples e conhecedor único da fisiologia desses seres singulares e devastados. Mas não consegue explicar exatamente o motivo da autodestruição que esses animais se proporcionam. Essa é sua tarefa atual mais árdua.

Um visitante inusitado, que se enquadra completamente na lista de exigências dos que podem adentrar a dimensão dos seres exóticos invisíveis para os humanos comuns, ao ser informado do péssimo comportamento dos animais, foi para o parque ajudar o cuidadoso veterinário. O homem que chegou era estranho. Totalmente diferente de todos os visitantes anteriores, pessoas também profundamente inclinadas a ajudar e entender a maneira dos animais, com o objetivo de alongar suas vidas e evitar a sua extinção. O homem taciturno e enigmático que chegou falava muito pouco. Foi direto questionar Adamastor e pediu-lhe que mostrasse o maior animal isolado naquele ambiente escondido. O cuidador lhe mostrou o cavalo alado, um Pégaso esplendoroso que se recusava a comer corretamente e vinha definhando. Suas asas perdiam penas e seus cascos estavam lascados.

O estranho calado ficou isolado com o cavalo durante muito tempo. Cheirou o seu pelo. Conversou baixinho em seus ouvidos. Não tentou cavalgá-lo. Deu a entender, o veterinário percebeu, que achava isso um insulto. Aquele animal era um ser glorioso, uma dádiva, algo a ser reverenciado com zelo e apuro. Quando o visitante retornou do estábulo com Adamastor, criou um desconforto, pois foi-se embora sem dizer palavra alguma. Ao passar pela porta dimensional, de onde se via o mundo normal e os animais comuns do Zoológico de Lujan, voltou-se com um olhar de tristeza arremessado para Adamastor e, com a cabeça baixa, caminhou em direção à saída.

Alguns dias se passaram desde a visita do sinistro investigador de animais fantásticos. O Pégaso voltou a se alimentar melhor e o veterinário viu que recuperava sua força original. Mas isso não resolvia o problema dos outros. Alguns lêmures vermelhos com caudas cheias de escamas, à semelhança de peixes, subiam em árvores e saltavam, um após o outro, esborrachando-se no chão para morrer, decididos. Aquilo era desastroso e terrível. Adamastador assistia, consciente de que não era possuidor do antídoto para o mal que assolava a população distinta. Foi à procura do homem de olhar aterrador e perdeu-se numa busca sem resultados. O talento que tinha para entender a biologia dos animais e administrar medicamentos para curá-los não foi suficiente para torná-los seres satisfeitos com sua condição. Numa ação quase desesperada, decidiu que iria liberá-los para o mundo, em alguma selva tropical, mas as peculiaridades de cada um eram uma necessidade para mantê-los vivos. Ali onde estavam, ele podia criar condições particulares. Ele sabia que os corpos estavam adaptados e não definhavam por falta de comida ou condições climáticas. Os suicídios eram uma decisão íntima dos seres e, para um desavisado observador de fora, sem saber que se tratava de criaturas irracionais, parecia ser uma decisão pensada e colegiada.

O tempo passou e as criaturas estavam escassas no zoológico. Estudiosos dos seres mitológicos existentes ali se cansaram de tentar entender e a ideia de uma explicação fugiu-lhes. Abandonaram Adamastor à própria sorte e abraçado à sua teimosia. Sem que esperasse por isso, o homem taciturno que visitou o cavalo alado retornou para visitar os animais especiais. Adamastor sentiu-se revigorado com sua presença e pediu que ajudasse todos, todos os animais a existirem na sua integralidade, felizes e livres. Não estavam confinados, tinham à sua disposição vastas terras, limpas e bem nutridas. Árvores e grama à vontade. Água corrente e pedras frescas à sua disposição para tomarem sol todas as manhãs.

Desta vez o homem sussurrou no ouvido de Adamastor uma palavra-chave. Meio soprado e como um silvo de vento que corta as folhas secas de bananeira, ele disse convicto:

Consciência.

E passou para cumprimentar seu amigo Pégaso, que relinchava avisando que sentiu a presença do bom ouvinte de antes. Andou pelas margens de um grande lago e tocou os ombros delicados de duas espécies de sereias que, adaptadas àquela água não natural, sorriam ao ver os olhos azulados do calmo observador obscuro. Pegou no colo um chimpanzé munido de dois avantajados cornos que quase o desequilibravam ao andar. Os animais, estranhamente, se identificavam com o homem. Ao perceber que pouquíssimos lêmures vermelhos subiam mecanicamente em uma gigantesca árvore, adiantou-se para socorrer-lhes na queda. As criaturinhas, após balançarem suas caudas escamosas, mudaram de comportamento. Passou o dia todo caminhando pelo parque e, desta vez, pareceu mais amistoso e simpático. O jeito estranho era garantido por um sobretudo negro, um capuz que não retirou ao entrar, da mesma maneira de antes. Passeava escondendo-se em detalhes de tudo e de todos. Ao terminar sua jornada curadora, estava exausto.

Adamastor convidou o homem para passar a noite na casa do Zoológico. Disse que tinha uma cama extra e que era bem confortável. Depois de comerem uma suntuosa refeição vegetariana, no final daquela tarde gloriosa, os dois se recolheram para conversar. Adamastor não hesitou. Sabia que seria arriscado perguntar, pois sua curiosidade poderia ofender o convidado. Mesmo assim, tomou coragem e perguntou. "Qual é o seu segredo?" Ao que o homem taciturno e sinistro respondeu prontamente: "Não há segredo algum. Eles são seres mitológicos, imaginários, fantásticos. Eles não admitem a realidade imposta, são de outro mundo, possuem outro comportamento". Ao terminar de falar, levantou-se velozmente e arrancou o sobretudo, jogando-o longe no chão da casa. O que Adamastor contemplou foi algo que não pôde conter em alegria e choro copiosos, misturado com um riso descontrolado, mas agradável. O homem estava em pé magnificamente trajando uma vestimenta de cavaleiro medieval e empunhava uma cortante e reluzente espada justiceira.

O homem que virou abobrinha

Foi em uma palestra da universidade, em comemoração ao Dia Mundial da Alimentação, 16 de outubro, que ouvi o Professor Isaac proferir estas palavras que me impactaram sobremaneira: "Se existe um conhecimento muito hermético e que não deve ser questionado, nunca, por nenhuma filosofia ou ciência, é o de que os vegetais pensam e sentem. É claro que fazem isso de uma maneira muito peculiar, simbólica, diferente. Por exemplo, as cebolas sempre choram quando fatiadas. Uma grande organização oculta prega – em círculos invisíveis, pois parece que os vegetais desenvolveram uma capacidade telepática de se comunicarem entre si – que todos os frutos, folhas, raízes e flores precisam doar-se como alimento para manterem os seres humanos saudáveis. Esse equilíbrio muito sutil tem como função a manutenção da vida, em todos os seus níveis".

É claro que me pareceu totalmente ridículo, e quando ele terminou sua fala, saiu irritado sob uma chuva de risos, vaias e impropérios. O velho estava senil. Mas, com o passar dos dias, me senti afetado pela sua eloquência e aparente domínio sobre o assunto. O tema me afligiu enquanto eu fazia meu diário preparo das refeições. Ao cortar a cenoura, fui mais delicado, com medo de ouvir lamentos muito discretos, mas dolorosos. Fiquei comovido com a quantidade de líquido que percebi saindo de uma volumosa cebola que eu cortava em tiras muito finas e proporcionais. E o horror me acometeu de forma definitiva quando senti que o chuchu ficou vermelho após ser fatiado, isso depois de ter sido legado a ele a dura espera pelo seu momento final, na presença da tortura que exerci nos outros vegetais. Ao redor estavam os outros, me recusei a mutilar o restante. Recoloquei a vagem em um recipiente na geladeira. Lavei o repolho como nunca havia feito antes e o deixei confortável em seu lugar de sossego na base do refrigerador. Importei-me sobremaneira com os rabanetes, pois percebi em seu vermelho natural uma incapacidade de julgar e um rubro característico dos que sentem imensa vergonha. Deixei as coisas meio prontas. Percebi que a relação insignificante de outrora tomava outro caminho. Com o pouco que tinha picado, pois parei depois da experiência com o chuchu, fiz um jantar simples. Comi apenas o bastante para não sentir fome. Percebi, pela primeira vez na vida, que o chuchu que cortei, meio desgostoso da ação, tinha gosto. Fui dormir entristecido e confuso.

    Por alguns dias, muito angustiantes, abri a geladeira e observei, incrédulo, os vegetais inertes acomodados em suas gavetas. Comi carne, bebi leite e iogurte. Optei também pelos grãos. Fiz uma dieta de arroz e granola, intercalada com fatias suculentas de alcatra. Nunca fui um carnívoro convicto. Providenciei uma acomodação mais digna para os legumes no freezer, disposto a tornar a sua vida mais longeva. Guardados no frio glacial que inventei, aquelas vasilhas plásticas lotadas de cenouras, cebolas, vagens, milho e outros, eram como Walt Disney em sua tumba criogênica. Largados ali pela minha autoimposta piedade e superstição, dormiram felizes para todo o sempre. Certo de que salvei os pobres entes naturais de um destino de dor e sofrimento, fui repousar absolvido.

Na manhã do dia seguinte, não consegui me levantar como gostaria, num pulo rápido com o alarme barulhento me ajudando. Minhas pernas não resistiam ao peso do meu corpo e eu me senti estranhamente longo. Caminhei vagarosamente em direção ao banheiro e fui direto para o espelho do armário. Meu rosto estava preenchido por listas verdes, claras e escuras, meu corpo estava arredondado, eu parecia um gigantesco cilindro, minha consistência era mole e deformável. Bati com o cotovelo na pia e uma gosma transparente e grudenta escorreu para o chão. Eu havia me transformado em uma enorme e improvável abobrinha.

Procurei o telefone do professor e liguei o mais rápido que pude. Minha voz era estranha e do outro lado da linha eu ouvi desaforos de alguém que não queria ser incomodado por ligações sem sentido. Alguém que tinha muito ódio de trotes por ser motivo de brincadeiras cotidianamente. Resolvi ir até a sua casa. Assim, me esgueirei até o carro como pude, meio atravessado. Não era possível executar tarefa alguma naquele formato. E minha nova pele já estava toda machucada, com os cutucões que eu promovia, eu os distribuía por todo lado. Desci do carro e me esparramei no chão da garagem. Era o fim. Que final imbecil! Minhas pernas não demoraram em ficar tão finas que desapareceram no interior do organismo vegetal. Depois foi a vez dos brações. Grudados ao resto do corpo, eles eram cada vez mais um relevo discreto. Em pouco tempo eu era um objeto estático, mudo e pesado, depositado no assoalho frio, sem futuro, sem sentido.

Ainda me resta a capacidade de pensar. Não tenho mais olhos, nem boca, nem nariz. Não me comunico com o mundo externo. Moro sozinho e não recebo visitas, portanto, não vão dar conta do meu desaparecimento logo. Em breve serei mais um caso solucionável nas páginas dos jornais e na boca dos âncoras da TV.

Estou há alguns dias nessa inércia vegetal. Quatro, para ser exato. Desde o dia 16, em que comemoramos o Dia Mundial da Alimentação. Algo para a qual, ironicamente, eu me tornei. Inaugurei um meio de viver, apenas penso na minha situação e crio teorias sobre o que virá. Algumas manchas marrons começaram a surgir na minha barriga, ou pelo menos onde ela ficava. Enquanto isso, reflito essencialmente nas palavras do Professor Isaac: "Ao serem cortados, os vegetais choram. Muito intimamente e com um som quase inaudível. Eles entenderam que essa é a sua natureza. É inquestionável que precisam nutrir os humanos. Essa é sua missão sublime e importante. Por isso conversam telepaticamente em uma cadeia de informação e união. Estão conectados".

E refaço a sua palestra, buscando encontrar o momento em que ele apresenta evidências de como essa grande ordem significativa e autogerida age. Como é a sua comunicação? Para que eu encontre a mensagem vegetal que me informe qual é o meu papel, meu novo papel, nesse processo. Não me vem nenhum som. Não obtenho informação. Eu não ouço as vozes dos outros iguais que virão me confortar. Eu só posso concluir uma coisa, uma verdade obtida da minha inusitada recém-adquirida e inútil vida. Não posso alimentar ninguém, como seria o gosto da ordem mundial e passiva de vegetais. Por outro lado, posso afirmar: o Professor é um quase completo maluco.

Inimigo de toda gente

O inimigo de toda gente é um ser absurdo de 90 anos, decrépito e emborcado em torno de si mesmo. Por volta das seis da manhã – essa é sua rotina há mais de trinta anos –, sai às ruas escoltado pela irmã mais nova, uma velha tão enrugada quanto ele, de carranca amarrada e olhos vermelhos impossíveis. Os dois formam desde muito tempo uma dupla improvável, razão da ruína de muitos moradores dos arredores da praça 12. Essa região escondida e cultuada pelos menos abastados e os moribundos bêbados e cantores arruinados é concorrida, por causa de uma antiga estação de trem abandonada que serve de bom teto protetor das chuvas periódicas de setembro. A alcunha incomum, o inimigo de toda gente, foi forjada sem muita dificuldade pelos idôneos moradores do círculo imperfeito que emoldura a praça, lugar também muito decadente e abandonado por todos. Não há uma conclusão implícita, entre os moradores, de que deveriam ser uma comunidade compromissada com a constante reformulação e manutenção do lugar. As árvores estão secas e os muros muito pichados. O local inteiro é um convite ao sombrio e é por isso que o incômodo ser assustador se manifesta, adornado por essa aura negra e nebulosa e, importante narrar por ser o motivo mais relevante, por causa de sua incapacidade de ser cordial e sua flagrante vontade de causar dor e horror.

Apresentado o protagonista desta simplória história, posso narrar o episódio assombroso que levou à última ação mórbida do velho Otelo e de sua irmã Valquíria. Não é coincidência que em todas as cidades os garotos abusam da boa vontade dos velhos. Tocam a campainha e se escondem, arremessam porcarias nas janelas, roubam as frutas do quintal, entre outras terríveis malcriações que são naturais da idade, mas não são, de nenhuma maneira, ações dignas de elogio. O macabro senhor Otelo ganhava traços muito mais tenebrosos quando descrito pelos garotos. Ele era um monstro arqueado, maligno, ossudo, com os dedos semelhantes a pontas de varas de bambu prontas para penetrar a carne e fazer sofrer, sua roupa toda negra era um prenúncio de algo letal e seus olhos tinham um negrume incômodo, quando não pareciam emanar uma luz rubra demoníaca. A irmã também assustava, mas sua presença tinha um caráter disciplinador. Parecia uma governanta sinistra ou uma coordenadora pedagógica grotesca de um internato antigo, de um mundo afastado e triste. O caso é que a meninada tem sempre uma aventura pronta para desenvolver e, nesta história, os meninos tramaram a travessura com bastante antecedência e com magistral organização. Queriam ver o velho e a irmã arrasados. O que pretendiam era vingar seus pais e seus vizinhos dos impropérios ditados por Otelo durante os anos em que viveram nas imediações daquela obscura praça. É sabido, o velho deixa que olhem por cima do muro quando passam, que esse homem rude tem apenas uma paixão na vida – cuidar de seu passarinho, que canta desafortunadamente numa gaiola que fica no alpendre da casa. Conversa umas poucas palavras sussurradas com o bicho e coloca uma porção generosa de alpiste e água para sua dieta diária. Os meninos observavam o ritual periodicamente. Sabiam que o velho realmente amava, por incrível que pareça, aquela minúscula e ridícula criatura sonora.

Na última noite de setembro fez um calor insuportável. A madrugada foi longa para todos, até para aqueles seres que detestam o mínimo frio que faz na região. O calor deixou o velho inquieto e, quando a manhã chegou, saiu com mais pressa que de costume e logo de cara disparou palavrões costumeiros para um casal que caminhava com roupas leves de ginástica na calçada da praça. Idiotas, vagabundos, filhos de puta. Os dois contorciam o pescoço para reparar na figura grotesca, se magoaram, mas o deixaram de lado, por entenderem que o homem estava no fim, era senil, sem dúvida.

Depois que Otelo e a irmã saíram, os garotos saltaram pelo muro baixo e foram direto para a janela da sala. Estava trancada, e o pássaro, que antes cantava em sua gaiola no alpendre, agora estava confinado em algum local secreto da casa. Correram rapidamente para os fundos na esperança de encontrarem uma porta destrancada e, ao se depararem com o imenso quintal, ficaram tão surpresos com o que viram que quase lhes faltaram as palavras. Encontramos a mina de ouro!, disse o líder, enquanto convocava todos para se aproximarem do que viam. Uma distribuição uniforme de gaiolas com pássaros de diferentes espécies, presas nas árvores frutíferas do terreno. Cada menino escolheu um do seu gosto e levou consigo apertado entre as mãos, com cuidado para não deixar que voassem no momento em que saltavam de volta o muro que confinava a casa do velho.

    Os dias que se seguiram foram terríveis. Otelo culpou a irmã e gritava impropérios jamais pensados ou ouvidos pela velha senhora. Sua ira era tamanha que decidiu não sair mais à rua. Vigiou o quintal por dias a fio. Até que, passada uma semana, receberam na porta uma encomenda estranha. Um pacote bem embrulhado, fechado com papel-manteiga e amarrado delicadamente com um barbante branco. Inicialmente, aquilo incomodou muito Valquíria e ela ficou ansiosa com a dúvida sobre o que poderia ser. Estava destinado a Otelo, como podia verificar pelas letras garrafais com seu nome escrito na parte de baixo do embrulho. Entregou ao irmão, temerosa do resultado. Ao abrir, o velho ficou mais branco do que era e as pernas desfaleceram. Era um pássaro cuidadosamente assado em brasa e pronto para ser servido à mesa de jantar. Gritou seu ódio e praguejou contra toda a vizinhança. Jurou matar a todos. Nos dias que se seguiram, os irmãos receberam um pacote por dia. Em diferentes formatos, cores e tamanhos. Todos eles continham assados de pássaros belamente preparados com o intuito de serem servidos para um jantar elegante e sinistro.

    O velho enterrou as iguarias em seis diferentes buracos, que cavou com muito custo no quintal. Não chorou a perda de suas tão amadas aves. Entendeu que seu ódio pelos homens era inversamente proporcional à paixão que tinha pelos pequenos seres. Enfurnou-se na casa, junto com a irmã, e não mais foi visto por um longo período. A vizinhança adorou que não precisasse mais caminhar nas calçadas temendo o constrangimento causado pelas duras e verborrágicas frases proferidas pelo rancoroso homem. O bairro ficou mais leve e tranquilo, e a vida naquele desolado lugar parecia, agora, merecidamente ser vivida em toda sua plenitude. Sem incômodos e sem a visão grotesca da dupla escabrosa, as pessoas começaram a sorrir deliberadamente.

Até que um dos garotos desapareceu. Os pais, preocupados, informaram a polícia. Não suspeitavam do velho e de sua irmã, pois o plano dos garotos fora realizado em sigilo e nunca disseram uma única palavra a não ser entre eles mesmos. Os seis garotos infligiram o mal e ganharam, como consequência, um tenebroso segredo para guardar. Otelo e Valquíria nunca deixaram a vizinhança suspeitar de sua mágoa em virtude do ocorrido e assomaram-se aos seis como mais dois que tinham um segredo para guardar num baú trancado a sete chaves. Novos dias se passaram e mais dois garotos desapareceram. O velho foi visitado pela polícia e sua irmã afirmou que estava senil e praticamente paralítico, em função de suas muitas doenças motoras. Tentaram arrancar-lhe algumas palavras numa entrevista inútil, mas, sentado em uma poltrona magra num canto da sala, apenas balbuciava sons incompreensíveis. Os policiais compreenderam que tal ser paralisado nunca poderia transgredir a lei e vir a causar mal a qualquer pessoa, mesmo ao ser mais ridículo e frágil que pudesse existir. O caso ficou mais complicado quando outros três meninos foram surrupiados de seus lares, na calada da noite, e nunca mais vistos no bairro. Os pais se desesperaram. Os dias sinistros voltaram e, agora, mais aterradores do que nunca. O que mais se procedeu foi o comum em situações como esta. Busca por todos os lugares, cartazes distribuídos, policiais de prontidão, grupos de ajuda a postos, mas os garotos não foram mais vistos em lugar algum. Os pais, desesperados, partiram dali para viver uma vida vazia em outro sítio, menos rude e sombrio.

O velho e a irmã eram vistos cada vez menos. Do muro baixo, quando a janela da sala estava aberta, as pessoas podiam mirar o rosto catatônico de Otelo e sua irmã se arrastando pela casa com uma tigela de sopa na desacreditada tarefa de tentar alimentar o irmão. Com o tempo, a janela foi fechada para nunca mais se abrir. O quintal também fora abandonado à revelia do tempo e da imposição da natureza, que é sempre muito rigorosa. A cabana de ferramentas do quintal, que guardava uma porta dupla que dava para um porão antigo, lugar onde no passado os avós de Otelo e Valquíria guardavam armas e munições para os soldados na guerra, começou a ser novamente usada pela velha senhora. Entrava e saía do local com mais frequência, ultimamente. Movia de um canto para o outro umas barras enferrujadas de ferro e um antigo soldador. Com muita cautela, abria a porta grossa de madeira, com engrenagens choronas, e, depois de alguns minutos em seu interior, trancava a fechadura com elevado cuidado.

Algumas vezes, Valquíria, muito cuidadosamente e com uma incrível dificuldade, escoltava Otelo para esse local no fundo do terreno. Quem de longe pudesse perceber essa improvável tarefa inquiria-se sobre a necessidade desses velhos caminharem de dentro da casa para o fundo frio e desolado. O fato é que por nenhum ângulo era possível ver a casinha de ferramentas quando alguém estava posicionado na calçada em frente à casa. A casinha era invisível para a gente de fora. Em seu interior, Valquíria abria as portas do porão com imensa dificuldade e os dois desciam para o antigo depósito de armas numa ação tão melindrosa, lenta e teatral quanto era possível desempenharem. Lá dentro, recompunham-se e logo estavam como jovens hábeis e caminhavam praticamente eretos. Podiam, assim, alimentar os seis pássaros gigantes que mantinham presos em novas, maiores e firmes gaiolas, dependuradas com propriedade nos caibros vistosos que sustentavam o telhado do porão. Cada um dos seres aprisionados cantando à sua maneira uma canção melódica e triste.

Novo homem

Era preciso que do novo homem brotassem asas vistosas, pensou Abelardo. Esse manancial de pensamentos geométricos, orquestrados por um cérebro admirável, foi capaz de produzir, em um laboratório demasiado simples, o ser do futuro. O novo homem, como o inventor denominou, era uma criatura gigantesca, dois metros e trinta de altura. Poderoso. Forte como um gorila e ágil como uma leoa. Um ser inerte, sem vida ainda, observado dentro de uma jaula de vidro maravilhosa, capaz de suportar campos elétricos e magnéticos fortíssimos, cuja intensidade não se pode imaginar a capacidade de causar dano. No interior de sua jaula, o novo homem poderia abrir os olhos a qualquer momento, mirar as pupilas de seu criador, sorrir ou indignar-se de sua classe única e romper com a inércia de seus membros. Sem ter um mínimo de noção de sua função, de seu passado ou, com profunda consciência, de sua falta de maturidade, sem saber seu nome ou usar a fala enigmática que poderia perceber em minutos após seu advento, saindo da boca do desconhecido que o atraía para o mundo, ele ficaria preso em seu corpo sem contar suas necessidades mais imediatas, água, comida ou algo que o valha. E Abelardo esperava para gritar ensandecido. Viva! Viva, minha criação. Viva! Mas não. Permaneceu quieto. Nesse ínterim dramático, Abelardo pensava num complemento espetacular. Asas. Asas seriam como pirotecnia. O novo homem precisa ter asas. É preciso que asas escondidas, invisíveis, brotem de suas costas nuas, que causem alvoroço triunfal. O boneco ainda desdenhava de seu dono. Os olhos permaneciam fechados.

Como um falcão. Um ser mitológico. Cabeça de homem, corpo de homem, braços e pernas de homem e asas de falcão. Um símbolo da nova cultura. Um arco de liberdade para os visionários da nova era. Amanhã ele viverá. O disjuntor mudará para o lado escrito ligado e uma voltagem nunca antes usada, se não o fritar como um frango na panela, o fará vibrar como um peixe livre nas águas pesadas do desconhecido.

A noite foi curta para Abelardo, que, depois de seu profético discurso, despediu-se do novo homem e foi para a cama dormir o sono dos justos, dos inventores justos. No outro dia não encontrou sua criação na jaula. Não se lembrava de nenhum barulho à noite, mas o vidro inquebrável tinha um grande buraco no centro de um de seus lados. Circular e perfeito. Olhou para cima e o teto de seu laboratório também estava vazado e, formatado em direção ao céu, existia outro círculo magnífico.

Abelardo repousou profundamente decepcionado. As asas que sonhara deveriam vir de sua eficaz e ultracompetente mente de inventor. O desejo fora suficiente para arrancar do âmago de sua cria os novos membros avassaladores. Como se a cria anterior, por si só, já não fosse a coisa mais fantástica criada pelo velho homem.

O sarcófago de Antônio João

Significado de relíquia
Substantivo feminino
Coisa preciosa, relativamente antiga e muito estimada.
[Por Extensão] Nome dado aos objetos que pertenceram a um santo ou tiveram contato com o seu corpo.
Coisa considerada de grande valor por ser rara ou antiga.
Expressão
Guardar uma coisa como relíquia. Guardar algo cuidadosamente.
Etimologia (origem da palavra relíquia). Do latim *reliquia.ae*.[1]

Em 1923, na pequena cidade de Constantina, três objetos de cristal foram confeccionados por um habilidoso artesão local, atendendo à encomenda de três ricos fazendeiros da região. Homens de convicção religiosa e grande afinidade com o sagrado, esses donos de grandes posses louvaram sua sorte na vida, reconhecendo a ajuda divina, sobretudo da Virgem Maria, comprando, com seu glorioso dinheiro, as mais finas e perfeitas obras de arte feitas pelas mãos do homem. Depois de prontas, as relíquias majestosas e exatamente belas e perfeitas foram dadas ao padre da cidade para serem abençoadas. Foram levadas, cada qual, para as casas principais de suas fazendas e expostas, com orgulho e devoção, junto à imagem da Santa.

Dos três fazendeiros ricos, havia um que se destacava pela imponência de sua ação. Era o mais robusto e tinha maior volume de bens e de terras. Era conhecido pela iniciativa. Duro comandante de empregados, não deixava que coisa que queria bem-feita fosse realizada por outro que não ele mesmo. Tinha fama de derrubar bezerro bravo no braço e de amansar cavalo selvagem. Sua única fraqueza era a devoção obstinada pela Virgem. Seu altar era o maior de todos e sua relíquia impressionava pela magnitude da moldura que a ostentava.

É curioso, mas palpável, perceber que andam de mãos dadas dois sentimentos antagônicos. Talvez seja assim, desse modo, que o ser humano se comporta para trazer para dentro de si mesmo um equilíbrio estranho e macabro, já que parecem ser as coisas sinistras naturais da alma do homem. Assim, o rico fazendeiro chamado Antônio João sentiu-se, simultaneamente, submisso à presença da Santa e à necessidade de possuir as duas relíquias extras que haviam sido guardadas nas casas de seus vizinhos, igualmente ricos e igualmente fazendeiros. Os dois sentimentos que menciono são: cobiça e devoção.

O fato de não ser um homem humilde e de possuir grande poder fez com que Antônio João obtivesse os outros dois cristais de similar beleza por meios reprováveis, tanto do ponto de vista cristão quanto do bom senso universal. Não matou, mas deixou os vizinhos em situação deplorável. Antônio pagou alto preço pela sua ambição e tornou-se um recluso em sua casa de fazenda, afastado da sociedade como um pária. Transformou-se, em curto tempo, num soturno ranzinza limitado ao claustro de seu quarto, onde ergueu um novo altar para a imagem da Santa e para a sua relíquia, incluindo as outras duas usurpadas.

As peças eram estranhos castiçais transparentes, muito grandiosos e sofisticados, passavam quase por cálices, mas seu interior era raso demais, com uma cova pouco maior e mais larga que a metade de um dedo indicador. Eram ornados com folhas e frutos, cada um de uma maneira, sem repetir elementos, todos matematicamente distribuídos ao redor da peça principal. Não havia cores e tudo era feito do mais singular vidro. Sua transparência era formidável, uma transposição da pureza do sagrado. Antônio admirava seus tesouros por longas horas, todos os dias, e rezava fervorosamente para a Santa, com rompantes de loucura e ansiedade. Quando a morte começou a encostar-lhe mais amiúde, por conta dos muitos anos que viveu e do desequilíbrio que sua muita idade começava a causar no fino tecido natural de todas as coisas, pediu para a filha escrever um testamento de punho para que pudesse assinar, e garantiu, coisa que fez como ordem aos seus advogados, que seus desejos pós-morte fossem rigorosamente cumpridos, sob pena de sua alma imortal não sossegar no Além e retornar, periodicamente, com o terror instalado em sua estrutura vaporosa, e trazer o inferno para aqueles que não o obedecessem.

Antônio morreu. Os seus desejos eram claros e absurdos. Em um deles revelava ter construído a poucos quilômetros da casa da fazenda uma tumba gloriosa. O lugar era mesmo fabuloso. Coisa de história de reis. Um cômodo embaixo da terra, como um *bunker* sinistro, onde uma espécie de sarcófago tomava o centro e na parede ao fundo um novo e mais grandioso altar para a Santa, somente. As relíquias, e nesse assunto sua exigência era dura e categórica, deviam ser colocadas junto ao seu corpo, dentro do ataúde de pedra. Nunca túmulo tão belo e bem construído fora visto na região. Um homem de terrível consciência sobre si. Um horrível exemplar de cristão. Sua única virtude foi a devoção pela Santa, que, diante da inusitada revelação, também foi colocada em dúvida. Afinal, o que Antônio amava mais, a Virgem ou as relíquias? Ninguém se interessou em responder. Verdade seja dita, ninguém se perguntou. Realizaram à risca todos os seus desejos e abandonaram aquele túmulo, tributo à ostentação e loucura, à dureza do tempo, fechado e isolado.

Por incrível que pareça, os poucos familiares que presenciaram a existência do sarcófago de Antônio não contaram para ninguém da sua existência. Dissimularam sobre o assunto. Não sentiram dor. O lugar era uma curiosidade isolada, pois, visto por fora, era apenas um grande paralelepípedo de concreto no meio da abastada propriedade.

Durante a Grande Guerra a família abandonou a fazenda. Poderiam ter se servido do túmulo de Antônio para sua proteção, mas preferiram compor a turba de desolados que se afastaram de suas coisas, temendo a morte. A fazenda foi abandonada e as terras esquecidas por um tempo. A catacumba de Antônio era cada vez mais coberta pela vegetação grotesca que cresceu, livremente, sem a jardinagem necessária para manter a beleza do lugar. Por muitos anos ninguém soube da existência daquela peça encrustada no solo, do *bunker* sagrado de Antônio, de suas preciosas e inestimáveis relíquias.

    O genial artista que fabricou as peças dos devotos tornou-se um famoso artesão. Seu nome e suas obras viajaram o mundo e ele mudou-se para longe, para o centro relevante da arte. Nunca contou a ninguém, mas durante a fabricação das três relíquias apaixonou-se por sua obra e deu-lhe conceito secreto. Inspirou-se em suas leituras diárias do Livro Sagrado, até que concebeu uma ideia maravilhosa para sua criação. E então criou quatro castiçais, um para cada evangelista. Todos geometricamente perfeitos, tinham as mesmas proporções, sem a mínima diferença, ele se certificou. Os castiçais tinham gravados em alto relevo, nas bases circulares e grossas, quatro cabeças de criaturas divinas: a de um leão, a de um touro, a de uma águia e a de um homem. As relíquias dignificavam, cada uma a seu modo, os quatro evangelistas: Marcos, Mateus, Lucas e João. As frutas que ornavam os copos, ao redor de sua estrutura curva, eram uvas, maçãs, tâmaras, damascos e figos. Para complementar, detalhes de trigo, aveia, azeitonas, vinho e folhas de árvores frutíferas. Os elementos essenciais da vida, segundo concebeu. Os quatro castiçais guardavam em suas insígnias um único elemento comum, uma rosa de profunda beleza, unificadora, que representava a Virgem Santa.

    O artesão guardou para si uma das relíquias. Às vésperas de sua morte, contou para a esposa seu segredo mais antigo. Deu-lhe o artefato majestoso. O objeto transformou-se em motivo de investigação de estudiosos da arte e, depois, chamou a atenção de curiosos. A esposa do artista vendeu-o para o museu da capital e contou a história das relíquias. Não é preciso contar em detalhes que uma maratona em busca dos três outros castiçais foi iniciada e muitos milionários empreenderam o resgate financiando os mais astutos detetives de artefatos raros existentes.

A cidade de Constantina, antes pacata, tornou-se um formigueiro. Seus hotéis acomodaram com muita dificuldade uma quantidade enorme de visitantes. Investigadores de todos os cantos vieram perguntar sobre os três ricos fazendeiros. Incomodaram bastante, mas obtiveram as respostas que desejavam. Uma comitiva organizou-se para visitar a fazenda e, com muita dificuldade e uma vultuosa quantia em dinheiro, convenceram os novos proprietários a deixá-los andar pelas antigas terras de Antônio João. Muitas histórias fantasiosas foram contadas. Antigos moradores denunciaram a natureza obsessiva e maldosa de Antônio, e a maior parte dos detetives se concentrou em mapear suas terras. Outros poucos tentaram a sorte nas terras de distintos fazendeiros e não obtiveram sucesso.

Os investigadores visitaram a terra por alguns dias, tentando atrapalhar o mínimo possível, sem mudar a rotina dos moradores. Ao final do terceiro dia encontraram o túmulo, coberto por uma vegetação que se instalou definitiva e, de maneira visceral, cobriu toda a parte externa, antes claramente visível. A partir daí, começaram um lento trabalho de limpeza do local, na tentativa de encontrarem a sua entrada.

Um dia inteiro de trabalho e metade de outro e a tumba estava novamente visível. A porta de acesso foi facilmente aberta e a luz do dia entrou, transformando o ambiente. Uma comissão foi eleita para entrar e investigar o interior, já que o local era grande, mas não o suficiente, por exemplo, para duas dezenas de homens. E alguns dos caçadores de relíquias faziam seu trabalho, até certo ponto, depois deixavam para os mais aventureiros e corajosos completá-lo – faltava-lhes coragem para o desconhecido. Assim, seis homens foram escolhidos para descer a escada até o sarcófago de Antônio. Ao chegarem à pequena nave rudimentar, porém bem construída, enxergaram a imagem da Virgem Maria no extremo oposto do cômodo. Analisaram o altar com bastante rigor e fotografaram o objeto em seu lugar de sossego, onde passou diversos anos isolado. Tudo que viam era registrado em cadernos grossos e fiscalizado por um dos membros da comissão que fazia parte da família dos proprietários da terra, uma vez que tudo que existia ali pertencia a eles, por direito. Os que desceram avaliaram cuidadosamente o sarcófago. Não era algo muito belo, mas tinha ornamentos agradáveis e podia ser analisado com os olhos técnicos experientes que ali estavam. Mais fotos e, depois, outras fotos. Tudo registrado com a mais apurada cautela, para que todo o documento fosse avaliado mais tarde por outros especialistas, em outros locais de reconhecida competência e, também, para que um escritor que os acompanhava como bom observador pudesse transformá-lo em crônicas de entretenimento. Antes de abrirem o ataúde de pedra, que se podia perceber muito pesado e firme, os homens fizeram um reconhecimento da peça. Astutos e enfileirados, rodavam aquele bloco, introspectivos, entristecidos. Ansioso, o mais velho dentre eles pediu que um jovem rapaz, cuja função era carregar as tralhas de trabalho, subisse e trouxesse um pé de cabra. Pediram também que trouxesse junto com ele a médica do grupo e, com ela, sua maleta de primeiros socorros. Um deles tentou cheirar o ambiente, cheirou especialmente a borda do sarcófago, e não percebeu odor algum, nem ruim, nem bom. O rapaz voltou rapidamente com a ferramenta, seguido pela mulher.

Um jovem robusto, portador do mais alto grau de instrução entre os que ali estavam, ofereceu-se para remover a tampa de pedra. Com muito esforço, moveu levemente, tirando a grande cobertura de seu cômodo encaixe. Os outros vieram em auxílio e empurraram, com força, até remover um pouco mais a tampa, criando uma abertura conveniente para encaixar as mãos e erguer o objeto com segurança. Dois ergueram de um lado e mais dois surgiram em socorro para apoiar a pedra do lado oposto. A médica esperava o horror de um cheiro insuportável, com as mãos tapando a boca e o nariz, mas ele não veio. Cheiro algum surgiu. O que incomodou a todos, pois não parecia natural. Não havia insetos. Não havia uma única barata, que é a criatura que comumente invade esse tipo de lugar. Sem cheiro de morte, sem insetos. Não parecia natural. Alguns recuaram e não quiseram aguardar tão próximos o desfecho da investida. A médica, aflita, observava. As mãos na maleta de emergência.

Ao revelar-se completamente o conteúdo do sarcófago, uma surpresa. O corpo curiosamente intacto. Aquela pele de papel, sem brilho, frágil e medonha. O rosto com um sorriso muito discreto e as três relíquias dispostas, duas embaixo das axilas e a outra no centro do peito bem segura pelas mãos do morto. Depois da sessão de fotos, às dezenas, o mais culto dos homens tentou retirar o artefato do centro. As mãos de Antônio pareciam ter se fundido à peça e só com muita dificuldade o grande homem conseguiu arrancá-la das mãos do obstinado defunto, mas não sem antes ter a impressão de ouvir um suspiro lamentoso. Levaram as peças para a igreja da cidade. O padre acolheu as relíquias e durante meses puderam ser visitadas por religiosos e curiosos. O corpo de Antônio foi retirado daquele túmulo escondido e doado para o museu da capital. O objeto foi estudado com atenção pelos grandes profissionais da área.

Unidas, as relíquias tinham um sentido otimizado. Quietaram o desconforto de quatro homens. Dois fracos que não tiveram a importância devida, pois foram massacrados pela sua ingenuidade e simpleza. Um outro que, por amor à sua obra, deu-se de presente uma fatia importante dela. E um quarto, mais louco que inteligente, que se uniu à sua complexa insanidade para tornar-se, assim como os objetos de sua obsessão, uma criatura imortal. Ambiguamente, o corpo intacto de Antônio João encontra-se hoje na Igreja Matriz de Constantina e pode ser visitado por qualquer pessoa. Está guardado numa caixa de vidro e é fácil observá-lo com detalhes. Acima de seu túmulo definitivo encontra-se a sua antiga imagem da Virgem Santa.

Uma curiosidade: nenhuma vela jamais foi acesa em qualquer um dos quatro castiçais.

---

[1] Dicionários Dicio Online e Priberam Online.

Paixão e morte

Aquilo que se submete prevalece.
Frank Herbert, *Duna*

Nenhum medicamento poderia salvar Francisco de uma dor recente. Era uma ardência que surgira com início no pomo de adão e distribuiu-se até a base do queixo. Há mais ou menos sete dias vinha definhando e transformando-se num ser coberto de lástima e pessimismo.

Tinha como trunfo para a posteridade a sua devoção em nosso Senhor Jesus Cristo. Há muitos anos fora acometido por uma atrofia das mãos e não possuía a capacidade de usá-las como gostaria, ou como deveria. Estava categoricamente inutilizado para os afazeres manuais e, agora, com esse novo mal, concentrava-se muito pouco, inclusive em suas orações.

Caminhava trôpego todas as manhãs até a caixa de correio e voltava com os anúncios deixados aos montes, sem interesse. Seu propósito, sua rotina, estavam deslocados desde os últimos dias; pensava em sintonia com o desconhecido e antecipava seu destino fúnebre em adágios sinistros.

 Em uma manhã, depois de uma melhora repentina, sentiu que a esfera que crescia em seu pomo de adão deu uma trégua e estabilizou-se, tanto em sua evolução quanto na sua capacidade de provocar dor. Foi até a caixa de correio e percebeu um pequeno envelope sem remetente. Leu o que tinha dentro. Um poema deixado sem assinatura, mas eloquente e sonoro. Colocou o objeto entre seus guardados preciosos. Nos dias que seguiram esse ritual continuou. Todos os dias novos poemas. E aumentavam em número. Às vezes ele recolhia dezenas. Lia todos. Separava os melhores, mas nenhum deles atingiu seu íntimo de uma forma transformadora.

 Uma pequena obsessão instalou-se no desejo de Francisco. Obter daqueles versos, misteriosamente colocados em sua caixa de correio, um que fosse renovador. Um que lhe tirasse completamente do abismo, de sua triste rotina estabelecida. Da mesma forma que sua busca crescia, o volume torturante em sua garganta o afligia. Uma bolota enorme se instalava e, sem trégua, o diminuía progressivamente.

 Os poemas versavam sobre tudo. O amor, a vida, as aventuras, as paixões, o sexo, a guerra e as cidades. Mas nenhum tinha um tema centrado na dura vida do Senhor Jesus. Queria ler sobre sua passagem pelo mundo e sua obra, como cria. Algo ainda mais extraordinário aconteceu. Como se o versador de todos os poemas ouvisse seus pensamentos e se sensibilizasse de sua dor e amargura, fez uma prosa versada que abalou o seu leitor. Francisco leu de uma só vez e foi como se o chão lhe faltasse e o céu se abrisse com um convite sincero. Leu uma vez e custou guardar o papel amarelo em sua gaveta de tesouros. Não queria corrompê-lo à beira do contato com os outros menores. Caminhou pela casa com os versos apertados contra o peito e esperou para lê-los novamente mais tarde.

    À noite leu os versos como consolo. Mas as dores não ruíram. O mal não sucumbiu aos trechos relevantes. O incômodo instalado não cedeu à sua fé original intensificada pela leitura fervorosa do que tinha recebido como brinde. No novo dia que surgiu, Francisco foi para a entrada de sua casa com o sincero intento de compartilhar com os vizinhos e os passantes o seu presente de profunda intensidade. E leu o último poema certo de que a caixa se encontraria, para o resto de sua vida, totalmente vazia. E era assim:

De duas noites que dormiu seguido,
antes amparado pelas vozes de seus filhos,
doente de vida, onde sucumbia à tarde maldita,
ajoelhado diante do horizonte cru e do sono,
viu-se nu, desamparado, entre duas escolhas ora impostas:
uma cruz cheia de simetria
e um cachorro rosnando dura lida.

Amanheceu sozinho, com três parceiros distraídos,
e ergueu sua sina dentro de um beijo,
e outro beijo para o suporte arquear,
deu-se de bom grado para a feira das oportunidades.
Um morto andando dispensado pela Terra,
pairando sobre os edifícios,
depois descendo para o encontro infalível com a moléstia.

Carregou as cicatrizes que vinham,
sem que ainda as tivesse conseguido.
Duas toras colossais, uma no ombro
e a outra pendendo no suporte com obra irrequieta.

Parou para pensar e refletir no que os joelhos podiam aguentar.
Sua coroa enfiada até os cílios
e as mãos ligeiras pretendendo a prega firme.
Com a verga da vara forasteira
combinou sua sede com a de todos.

Um pesar, que sucedeu as moças,
também se apossou de muitos irmãos.
Mas o dia frio cedia para o firmamento em breu levante,
um homem que caía após o verbo
tinha outros planos para o final de semana.
Antecipou o fim de tudo, portando como um outro,
apenas o essencial de suas vestes.

Como uma coluna vertebral que despenca,
dependurou-se no símbolo de soma distorcido.
Ao recapitular a iniciação de seus pulmões,
desde as primeiras incursões do ar para dentro,
contentou-se em soprar o que restava,
depois sentiu que era gratuito.
Enquanto a força permitia empurrar o chão para cima,
relutou em entregar-se à carne fria.

De cada lado uma voz macia,
um cheiro de súplica,
uma brisa viscosa de zombaria.
Recobrou do trajeto da subida a antecipação de uma carcaça,
a caveira com olhos mastigando as pedras,
que se incrustaram em sua sola.
Para alcançar o trio da história,
obsequiou ao solicitante que muito esperasse.
Havia dia e hora para todo visitante
e para a realização de uma bondade.

Quando o céu estranhou os seus criados,
viu que o caldo que escorria era vermelho e doce.
Uma mãe rutilante, erguida do caos de suas dores,
dizia: ó que filho me deste os ares.
Sussurrando um sopro de seu palanque,
pôde ouvir um bravo bem vibrante.

Outras mortes menos tristes foram cantadas por retirantes.
Outros contos de heróis foram mais dignos de ouvidos treinados.
Boa morte não existe!
O homem que olha para cima, no final,
sabe que tudo o que vive é tortura e festa,
tudo o que vive é o brado retumbante.

O pai que o socorre vem bem tarde,
mas ainda percebe o mundo como sempre.
Os gritos dos ouvidos e as vozes dos semblantes,
um pavio que se acende, uma torta que se queima.
Com o que se comunica nesse fim?
Com o firmamento que se fecha?
Com a aurora do novo homem que se rompe
e a ferida se alastrando?

Numa gruta cose bem um corpo imenso,
e enche as nove chagas com unguento.
Poda as folhas velhas dos sovacos,
enquanto esteriliza o velho pacote fértil,
e modela o corpo para um dia,
entre novos virtuosos compor-se e existir,
distante incólume e independente,
das cabeças protuberantes que duvidam,
para caber-se certo na eternidade.

Ao terminar, sentiu uma ferida rasgar em seu pescoço. O sangue escorreu pelo peito abaixo e era como se eclodisse um ovo mágico. Uma dor insuportável tomou seu corpo. A cabeça entortou-se para trás, deixando bem à vista a esfera grotesca que possuía entre o queixo e os ombros. A maldita forma avolumou-se, jorrando sangue, e rompeu a pele e os ossos num movimento dramático. Francisco não tinha mais a sua voz nem condições de sustentar o corpo, e de joelhos viu surgir de seu pescoço destroçado um filhote de dragão. Primeiro a boca comprida se abrindo e cuspindo fogo, depois o corpo. O animal, muito brutalmente, emancipou-se para fora. A cabeça do pobre coitado, revirada, caiu para trás e o corpo arreganhado transformou-se numa casca ensanguentada, com um buraco irreal no centro, de onde nasceu o monstro que bateu suas rigorosas asas e desapareceu no infinito de todos os céus.

Por Fibonacci

Uma explicação:

Logo abaixo, o que apresento não é um conto. Obviamente! O leitor vai perceber que na maioria das suas partes as frases não fazem sentido algum. A regra não é aleatória. Antes de abrir o livro que usei como base (a Bíblia, para saber), imprimi o protocolo de busca, que consiste no seguinte: usando a série de Fibonacci, para todas as palavras que aparecem numa posição múltipla de cinco, na página escolhida, capturei um texto. Um monstruoso e confuso texto sem sentido, mas um protótipo para algo interessante. Omiti umas palavras, adicionei outras, enfiei umas vírgulas aqui e ali e, voilà, surgiu uma história. Maluca, diga-se de passagem. Veja o resultado.

Sequência de Fibonacci

0, 1, 1, 2, 3, 5, 8, 13, 21, 34, 55, 89, 144, 233, 377, 610, 987, 1597, 2584,...

Texto capturado

E tudo contém os e forma trevas abismo Deus face Deus luz era fez luz Deus e e a e expansão e e a entre debaixo águas a e céus e segundo as num porção e seca das viu e terra dê dê espécie sobre foi erva a árvore nela e bom e terceiro luminares para o e e e e expansão a e grandes para o a estrelas no alumiar governar noite entre trevas era tarde dia produzam de as da Deus baleias de águas suas aves sua que os multiplicai-vos nos se e a

***

A partir deste insólito e absurdo parágrafo, pude fazer o seguinte arremedo de um miniconto, experimental:

Texto elaborado do caos

As miríades dos princípios

E tudo contém uma forma de trevas e abismo que Deus face a face com Deus, por causa da luz, que era fórmula única, fez surgir. E a luz de Deus é a expansão de Seu poder. Algo surgiu entre e debaixo das águas e nos céus que, segundo os sábios, foi uma porção de seca que o Todo-poderoso viu e implantou na Terra. Sobre o mundo rasteja a espécie que sabe sobre a erva e sobre a árvore da vida e do bem e do mal. Nela há o bom e o melhor. O primeiro e terceiro luminares, apenas os ímpares, cuidam da expansão de grandes seres para que cresçam e possuam as estrelas, que estão sempre a alumiar e a governar a noite e existem seguramente entre trevas. No começo era a tarde de um dia feita para que os homens produzam segundo a vontade de Deus. E poderão governar a terra, os céus e os oceanos, com baleias que vivem nas águas vivas e a ave que flutua. Assim poderão seguir a regra maior que diz: multiplicai-vos.

***

E agora o que fazer com isto? O mesmo que fazemos com todos os outros textos que produzimos. Nós, os escritores. O ofereceremos para a leitura. Não tem muita diferença dos outros, no sentido de que o inusitado da criação é o inexplicável. Algo de formação, de armazenamento e de conceitos preconcebidos. Se a ideia funcionar, teremos a sopa fundamental da Literatura não imaginativa. E novos escritores matemáticos. Desconstrutores de textos clássicos para o advento de uma nova Literatura, técnica. Autômata. Responsáveis pelo nascimento do *control c control v* consciente. E assim poderão seguir a regra maior que diz: multiplicai-vos.

Transformando sessenta poemas em três

Antes de narrar a história que motivou o título acima, cabe apresentar um texto explicativo sobre Literatura, que norteará o sentimento do autor. O texto a seguir resume uma ideia sobre a escrita, defendida pelo narrador e que lhe é muito cara, desde que a sintetizou. O texto é a cópia fiel de uma carta enviada a um amigo das Letras, residente distante, durante o tempo em que registravam formalmente uma antiga questão acadêmica. Vejamos.

Sobre a necessidade de se fazer uma Literatura séria e competente
                                    Por C. B. A.

Eu poderia afirmar, sem medo de errar, algo que deveria tornar-se uma tradição nos meios literários, pelo menos entre os que almejam materializar suas ideias na forma da escrita, que não precisamos de muitos escritores, mas sim de leitores. Quanto mais leitores, melhor. O incauto que se inicia na redação de ficção acha maravilhoso tudo que escreve, um primor. Não percebe o óbvio. Uma vez que lê muito pouco, sua escrita é magnífica. Seu único parâmetro de comparação é ele mesmo. Tudo que escreve parece inédito, colossal. É uma obra pronta para o Nobel. Ledo engano. Para ser um bom escritor, é preciso, antes de tudo, ser um grande leitor. Um leitor assíduo, de muitos títulos, com boa diversidade e originalidade. É preciso conhecer os clássicos e os modernos. Tem que visitar frequentemente os cânones mundiais. Muito provavelmente, tudo o que o iniciante escreve sem pesquisa prévia e autocrítica ferrenha já foi explorado por outro escritor, em um outro momento da história. Para ser original, não basta um talento natural, que as pessoas em geral julgam ter, mas não identificam a fonte, é um esforço hercúleo de intensa pesquisa e, como diria Thomas Edison, volumosa transpiração.

O leitor que se convenceu do importante papel da leitura em sua formação também não pode cair nas armadilhas fáceis do autoengano. Ao ler um conjunto medíocre de boas e/ou consolidadas obras literárias, não deve achar de si mesmo o mestre da crítica, um grande entendedor. Após alguns finais de semana de verdadeira leitura obrigatória e dedicação aos clássicos indiscutíveis, rotula-se crítico literário, como se isso fosse tarefa simples e, a rigor, prazerosa, coloca seus óculos redondos de acetato grosso, um bloco de linhas cinzas e de tamanho prático, e destila todo seu muito simplório veneno para destruir obras de uma altura literária que jamais poderia alcançar com sua pouca bagagem adquirida nas horas vagas.

Aqui em Goiás, o iniciante tem um cacoete fantástico. O escritor novato acredita que tem o poder de escrever a obra definitiva sobre o camponês. O faroeste goiano é um clichê demasiado divertido. O escritor quer ter seu nome vinculado a um novo Domingos, que fará parte do imaginário dos seus conterrâneos e que nunca mais será esquecido por todos os séculos vindouros, abastados de leitores de sagas sertanejas épicas para derramarem, sem consolo, o seu indescritível volume de lágrimas pelo herói inocente e vítima das intempéries da natureza e de sua condição social diminuta. Outro erro. Ninguém precisa de mais histórias sobre a dor dos habitantes sofridos do cerrado.

Sobre aprender a escrever com uma técnica precisa, apuro na forma, contando uma boa história, verossímil ou fantástica, sem ocupar um lugar comum e destacando-se por qualidades significativas e originalidade, um fato conhecido por especialistas é que isso não se é possível ensinar. Parece que o grande escritor, como já foi dito, é um leitor melhor, disciplinado, crítico, incisivo e corajoso. Um investigador da literatura do outro. Então, o escritor medíocre poderia ser eliminado – e assim fazer o grande favor, para o leitor dedicado, de não tornar a apresentar suas infantilidades ficcionais – se, ao ler com rigor uma boa quantidade de livros de qualidade, reconhecesse o seu desastre antes de torná-lo público. O bom escritor sabe que escreveu algo relevante. Pode comparar, tem uma vasta experiência e bagagem literária para se autocriticar e perceber se caminhou sobre os passos já desenhados por outro. Não quer repetir o que já foi feito. Quer descobrir e imprimir sua voz narrativa, seu estilo inédito.

Não é agradável para o leitor inteligente dedicar seu precioso tempo lendo um amontoado de palavras sem sentido, confissões açucaradas, desejos superficiais ou extremamente apelativos, ele não quer ser induzido ao lodaçal grudento de histórias melosas de mulheres e homens sofredores por perderem seus amores cruéis que os fizeram chorar por serem bons demais. Ao leitor competente devem ser destinadas as histórias de grande relevância, os cenários inusitados e os finais arrasadores. Literatura de verdade é, antes de tudo, subversiva e faz pensar. Incomoda e tira da posição de conforto. Livros importantes são antídotos para a inércia destruidora.

Este ensaio termina com uma frase que sintetiza a busca por uma literatura bem elaborada. Os que não se enquadram podem compor a honrosa turba letrada conhecida como leitores. "Se você deseja ser um escritor de verdade, leia muito e com qualidade. Assim, ao ler suas próprias palavras arranjadas no papel para produzir uma obra, você saberá se ela um dia se tornará uma dádiva para o leitor ou um tormento sufocante desnecessário."

***

Hoje, quando saí de casa, e não saio muito costumeiramente, fui direto para a biblioteca munido, debaixo do braço, de um livro de poemas entregue para minha análise por um antigo conhecido e um caderno sem pautas que uso para escrever minhas impressões sobre o que leio. Li o livro duas vezes. A terceira seria para dar o veredito sobre os textos. Antes é preciso explicar que, normalmente, só leio uma vez, mas nesse caso ocorreu-me uma ideia simples e devastadora. Não sou íntimo desse colega, mas sei que não tem grandes talentos para a escrita e, se tentasse uma outra carreira na vida, provavelmente faria melhor negócio. Não perderia o seu tempo nem o dos outros. O que quero dizer é que o conteúdo do livro, cujo título é o escabroso *Minhas vidas sem elas*, sério?, uma coleção de sessenta poemas que compartilha com o leitor uma intimidade açucarada, pode ser transformado num livro de três, e somente três, poemas que, na verdade, são uma mistura organizada e categorizada de frases precisamente escolhidas de todas as infinitas e torturantes linhas incautamente escritas por esse desavisado senhor. Desavisado por culpa dos críticos que, se o leram, já deviam ter dito que a estrada que ele deseja trilhar ficou noutra direção.

Bom, é na biblioteca que vou abrir o livro nas páginas que marquei e escrever os três sintéticos poemas, menos plásticos e superficiais que os autorais existentes, com palavras sistematicamente estruturadas, como uma parede de tijolos semelhantes e perfeitamente distribuídos com simetria e beleza, que só são possíveis graças a uma mente de compreensão elevada. Veja bem, estou trocando aqui a falta de talento por uma disciplina organizacional e uma visão do todo que pode ser a salvação para essa literatura dispensável.

O grande problema é que algumas palavras saltam das páginas e parecem me atingir diretamente nos olhos, machucando, quase furando. Por causa delas não consigo me decidir como encerrar essa missão gloriosa e salvadora. Os textos ainda são órfãos, ou seja, os novos poemas, esses escassos que, devido ao corte fenomenal, ao estilo Juan Rulfo, precisam de palavras-mães que lhes deem sentido e vida. Esses três restaram como uma memória residual do que outrora fora um pretenso livro. Os fantasmas que me assolam desde que li essa atrocidade da escrita em versos são essas palavras que não se encaixam onde deviam e devem ser trocadas por outras mais convenientes e cuja sonoridade é absolutamente superior.

Acredito que conseguirei tornar menos pessoal, quero dizer, usurpar essas linhas de seu autor, para dar-lhes uma existência decente, e posso devolver-lhe com uma carta singela sem exigir agradecimento ou qualquer tipo de retribuição, pois é um mal necessário, para o autor, é claro. Mutiladas, as frases podem compor uma bela coisa nova, reestruturada por caridade.

O autor desses nefastos poemas reconhecerá sua voz lá no fundo, no fundo de um buraco que não é raso, e gritará com sua voz física natural sua ira e, ao mesmo tempo, seu desejo de brilhar com esse tesouro que não é totalmente seu. Sigo fazendo minha parte, mas preferia dizer-lhe, sem musicalidade ou harmonia, para também me livrar dessas palavras desamparadas que rondam em órbitas circulares a minha cansada cabeça, com palavras diretas: Desista, você é ruim!

Gêmeo indesejado

> Na verdade, é a mesma coisa: uma mulher e o destino.
>
> Barry Perowne, Ponto morto

Desde que observei esse pequeno abcesso no meu ombro esquerdo, esse tumor, ele evoluiu para uma nova cabeça falante.

Minha mãe me disse que antes de engravidar de mim desejou imensamente ter filhos gêmeos. Contou-me que fez todos os tipos de simpatias sugeridas. Comeu frutas geminadas, colocou dois pares de sapatinhos debaixo da cama, deixou dois brinquedos na cabeceira do berço e, ainda, segurou dois bebês simultaneamente nos braços.

Ainda não me acostumei à presença desse duplo que oscila modificando meu movimento e me confundindo os pensamentos. Tem ideias insanas. É o oposto de mim em tudo. É desrespeitoso, faminto, hiperativo e não quer sair da frente da TV por causa dos programas humorísticos de má qualidade. Ri à exaustão e às vezes dorme pendendo para a frente, causando-me profunda repulsa.

Minha mãe adora sua companhia. A relação dos dois é infame. Quando conversam, praticamente me neutralizam. Não consigo ler, uma vez que a cabeça não cessa de falar. Quase sempre diz baixarias indiscretas. Tenho que sair para satisfazer seus impulsos mais baixos. Faço isso para que ele me deixe descansar e para que eu consiga ouvir meus próprios pensamentos. Esse irmão, que não desejei, tem tornado meus dias um inferno. É sempre uma tarefa árdua encontrar uma mulher que se interesse por nós, visto que a maioria não sente afeto por aberrações. Somos sinistros e contrários. Nunca falamos em uníssono. Nossos pensamentos divergem. Nossas ações são desencontradas. O corpo que comandamos está na iminência de um colapso. Beiraremos a fatalidade se nos corrompermos. Apenas um deve sobreviver sob pena de morrermos os dois.

Começo a pensar numa maneira de me livrar da minha outra cabeça. Minha mãe deu um nome para o meu irmão. Assim, tornou tudo mais difícil. Preciso reportar a ele todas as minhas ações. Não se contenta em me emprestar o domínio dos movimentos e, como não compartilhamos os pensamentos, tenho que relatar em detalhes os meus próximos passos. Prefiro quando dorme. Aproveito para fazer o que é impossível enquanto estamos os dois acordados. Por causa disso, fui acometido por uma insônia perturbadora e pareço definhar paulatinamente. O cansaço tem me tornado confuso. E, às vezes, perco o comando do corpo, tornando as ações do outro mais simples. Minha vida está arruinada.

A única coisa que fazemos com total concordância é visitar nossa mãe. A cabeça que não narra adora as conversas que temos com ela. Porém, quase sempre fico relegado a um segundo plano. A vantagem é que aproveito para colocar a leitura em dia. Nas nossas últimas visitas tenho prestado atenção no comportamento de meu irmão, investigado sua natureza tão distinta. Meu intento é arranjar uma maneira de silenciá-lo. Eu sei que não existe medicina avançada o suficiente para decapitar minha outra cabeça e manter-me vivo após. Parece que existe uma rede de veias e nervos que se conectou definidamente ao corpo de maneira que pode acessar todos os membros com total perfeição. Matar meu irmão significa matar a mim mesmo.

Foi por isso que decidi me casar. Um de nossos encontros converteu-se numa rotina. A moça que não se intimidava com as duas cabeças, encostando seu rosto para beijar, tornou-se mais íntima e, motivada por um ímpeto mórbido, apaixonou-se por um de nós. Imagino que se afeiçoou por mim, que tenho a capacidade de ouvir e conversar com cuidado e dar-lhe a atenção que meu irmão nunca dará. Penso que ela pode me distrair, olhando-me nos olhos, enquanto o duplo sinistro dedica-se a ouvir e falar com nossa mãe, em seu desespero e necessidade de atenção característicos.

Essa moça tem muitos atributos. Não possui grande beleza, mas é muito inteligente e prestativa. É independente. É professora de História em uma universidade. Dirige o grande Museu de História Natural que fica na capital, distante cerca de duzentos quilômetros de nossa cidade, para onde vai três vezes por semana, e parece amar tudo o que faz. Possui uma particularidade, uma idiossincrasia, frequentemente me fotografa em vários ângulos, sempre pedindo para que as minhas duas cabeças fiquem bem apresentadas em todas as fotos. Meu irmão adora tudo isso. Faz caras e bocas. Nunca me ocupei de entender os motivos.

Não sou fotogênico. Não gosto do sucesso. Alguns meses após o aparecimento dessa protuberância incômoda, que é meu inconveniente irmão, jornalistas vieram aos montes para fotografar e entrevistar o monstro local, o grande feito cruel da natureza. Com o tempo se cansaram. E muito raramente somos motivos de matérias duvidosas de jornais esquisitos, sobre aberrações ou histórias de terror. De fato, as pessoas próximas não se incomodam com a nossa existência, uma dupla de cabeças conectadas incoerentemente em um único corpo mal administrado.

Outro dia fui até o museu fazer uma surpresa para minha esposa. Viajamos insuportáveis duas horas dirigindo, coisa que eu não fazia há tempos. A outra cabeça reclamou durante todo o percurso. Por duas vezes nos vimos em situação de risco. Eu comandava o acelerador na maior parte do tempo e meu irmão insistia em querer dominar o freio. Chegamos cedo. O plano era surpreender minha esposa na saída do museu. Era o final do expediente e quase não havia visitantes. Investiguei o interior e pude observar que aquele magnânimo edifício era um lugar de grande magia e curiosidades. Caminhei pelas galerias. Por incrível que pareça, meu irmão silenciou-se para admirar a grandiosidade do museu, com uma infinidade de objetos e imagens dispostos. Difícil crer que eu nunca tenha me interessado em conhecer esse lugar. Depois de diversas salas, preocupando-me em não perder o horário, nos deparamos com uma pequena sala de paredes vermelhas e pouco iluminada. No centro, um pedestal com holofotes em círculo, que estavam dispostos para bem iluminar uma estátua que deveria ser colocada ali. Na sua base, uma placa prateada, com palavras escritas em alto-relevo, dizia:

O homem de duas cabeças.

Fábula do deserto

Kitsune é a palavra japonesa para raposa, que pode significar "venha sempre" ou "venha e durma", dependendo da pronúncia.

– Vovô, as raposas invadiram o galinheiro de novo e levaram mais uma galinha.
– Deixem as raposas. Aqui ninguém mexe com elas.
– Eu acabo com elas rapidinho. Deixa que eu meto nelas um tiro entre os olhos, para você ver.
– Não. Deixe-as em paz.
– Mas por quê, vovô? Por que o senhor sempre protege as raposas?
– Há motivos que não se devem questionar. É meu desejo, obedeçam.
O velho saiu entristecido. Sentou-se numa poltrona da velha sala de estar, enquanto a lareira quente tinha o fogo crepitando acolhedor como nunca. Os netos mais jovens e os empedernidos adolescentes vieram para se sentar ao seu redor.
– Então nos conte a história de novo. Desta vez não poupe os detalhes – pediram os pequeninos afoitos.

– É uma bobagem. Essa história é para crianças.
– Se é para criança, então pode sair. Não precisa ouvir.
– Bom mesmo é caçar!

O velho tossiu um pouco. Depois pigarreou. Observava os netos um a um. Todos tão diferentes entre si. Um ruivo desbotado e outro branco como a neve, mas com cabelos negros como o carvão frio.

– Se querem a história, então terão! Mas prestem atenção. E você, resmungão, não ia sair?
– Depois. Vou conferir essa história direito. Já que nas outras versões me faltaram os detalhes.
– Se assim deseja, tome um lugar.
– Eram dois irmãos muito jovens. Cuidavam do sítio praticamente sozinhos. O pai delegou-lhes as tarefas domésticas e o cuidado com o galinheiro. Durante muitos meses perseguiram as raposas intrusas que vinham roubar galinhas sorrateiramente. É assim que se comportam esses animaizinhos. Têm um sentido desenvolvido para o perigo e trabalham na surdina, nas horas ocultas. Mas os garotos também eram ardilosos. Tinham adquirido experiência com a rotina. Certa feita, foram para a cidade no velho Ford da família buscar ração para as aves. Atravessaram aquele deserto arisco e com o sol forte arremessando raios como lanças pontiagudas em suas cabeças. Tinham convicção e eram responsáveis. Mas na volta, entre a cidade e o sítio, o carro parou de funcionar. É claro que o irmão mais velho culpou o caçula pela falta de combustível. "Eu te pedi para verificar o tanque, você fez isso?" "Acho que fiz, não me lembro." "Pelo jeito se esqueceu, estamos parados aqui no meio do nada com o tanque vazio." Ficaram de costas, com a raiva atravessada na garganta por longos minutos, até decidirem caminhar

de volta à cidade. Tinham a intenção de comprar gasolina para terminarem a viagem e chegarem com a ração a salvo em casa. Mas o deserto prega peças. O cansaço logo tomou conta do menor e tiveram que parar para descansar. O dia estava findando e o temor de não conseguirem chegar à cidade se apossou dos dois. O mais velho mantinha-se firme para deixar o menor seguro. Encostaram-se sentados, descansando na sombra parca de uma volumosa pedra, e pegaram no sono. Mais tarde, o mais velho foi acordado por uma voz ranzinza e rouca que se destacava no deserto semiescuro daquele final de dia. "Olha, acorda Quinzinho, é uma raposa." "Como? Raposa? A gente tá onde?" O pequeno demorou a estabelecer uma ligação com a realidade e parecia despertar do sono diário, em sua confortável cama de palha, na sua desejada casa. "É uma raposa mesmo. E sequer estamos com nossas espingardas." O animal reparava nos dois à sua frente, congelado, como uma pedra do deserto, exceto por sua cor alaranjada, que destoava de todo aquele amarelo acinzentado. O garoto mais velho aproximou-se para certificar-se de que a raposa era de verdade e foi surpreendido pela voz anterior. "Nem mais um passo, senhorzinho." Assustou-se e caiu para trás, sentado ao lado do irmão, que tinha os olhos esbugalhados pelo desconcertante arrebatamento. A raposa caminhou para próximo. "Os dois estão perdidos? Tem muita estrada para caminharem tanto para a cidade quanto para o sítio. E agora, desejam matar uma raposa?" "Não, senhor, quer dizer, não, senhora. Nem temos arma." "Mas não neguem que gostam de atirar em raposas. Eu também iria gostar, se fosse humano. Venham, sigam-me. Tenho um lugar para vocês passarem a noite em segurança. Raposas não são os únicos animais que passeiam na noite nesse ermo." Os jovens não se viram em condições de contrariar a criatura. Ela também exercia sobre eles um enorme poder, por causa de seu encanto, de sua voz e de sua atitude. Caminharam uma pequena distância, subindo e descendo morros. A raposa seguia na frente, correndo, saltando, informando sobre o terreno para que não caíssem em algum buraco inoportuno ou tropeçassem em uma pedra indesejada, e sempre se voltava para olhar os dois, com uma nobre postura acolhedora. Ao chegarem numa gruta escondida, próxima de um cemitério muito antigo, a raposa disse que ali poderiam se esconder. Ao romper o novo dia, estariam descansados e com disposição para seguirem caminho. A noite foi longa. Os garotos dormiram pouco e o pouco foi maldormido. Tinham receio de serem atacados por animais selvagens e também estavam ansiosos por causa do desaparecimento repentino da raposa. Perto do amanhecer, o irmão mais velho levantou-se e acordou o caçula. "Quinzinho, vamos. Melhor sairmos antes que alguma coisa aconteça." Ao colocarem o pé para fora da gruta, a raposa surgiu saltando por cima dos dois, antes amoitada às suas costas. "Aonde pensam que vão?" E, enquanto indagava os garotos, mais raposas surgiram de todas as direções. Contornavam os visitantes estupefatos e à beira do desespero. Até que mais de uma centena delas ficaram sentadas sobre as próprias caudas observando a conferência. "Daqui não podem sair sem antes se despedirem. Ou vão enfrentar mais de cem raposas?" Os meninos olharam ao redor até onde a vista alcançava e tudo o que viam eram raposas de diferentes tamanhos, cores e idades. "Não temos espingardas, mas temos nossos meios para causar significativa dor." A raposa era muito mais eloquente e convincente do que os garotos, que, mudos, não imaginavam uma maneira de convencê-las de sua saída antecipada. "Precisamos ir." "Sim, isso está claro. Vocês estão de mala e cuia. E caminhavam nas pontas dos pés. Daqui não podem sair sem uma troca razoável." "Vocês querem galinhas? Temos muitas." E o pequeno, em sua ingenuidade, também tentava salvar-se e ao irmão. "Eu te dou quantas galinhas quiser. Posso pedir ao papai." "Temos as galinhas que queremos. Em quantidade suficiente. De todas as cores, raças, sabores e com diferentes personalidades." "Elas não são muito inteligentes, mas servem." Bradou uma das raposas mais próximas. "Você pode ir." Disse a raposa chefe para o irmão mais velho. "Nem pensar. Não posso deixar meu irmão aqui. Eu sou responsável por ele. Ele não vai virar comida de raposa." "Não se preocupe com isso, temos outros planos para ele. Não comemos humanos." "Não. Isso eu não posso fazer." "Se é o que deseja, mudaremos nosso cardápio a partir de hoje e começaremos a comer humanos. Os dois fartarão uma boa parte da minha numerosa família." "Veja. Deixe o meu irmão ir embora. Fique comigo, sou mais velho e mais experiente. Serei seu escravo." O garoto olhou intensamente nos olhos da raposa chefe e era como se pedisse misericórdia pelas suas ações e rogasse pela vida do irmão. Tinha os olhos azuis profundos e coniventes. Ela devolveu o olhar e sua íris negra e vermelha se fundiu com a do menino acabrunhado. Combalidos, os dois tiveram pena de suas sortes. A raposa que liderava aquele imenso bando virou-se para confabular com as companheiras. Depois de um diálogo confuso na língua de raposas, que misturava alguns grunhidos e uivos, elas regougaram longamente e chegaram a uma conclusão: "Ficaremos com você então.

Se você deseja e se doa de bom grado, preferimos assim. E esses terríveis olhos azuis são como o oceano do qual ouvimos falar e que nunca vimos nem iremos ver algum dia." De fato, a raposa tinha sido capturada pela harmonia contraditória produzida na face do garoto. Compadecida, convenceu o bando e aceitou o acordo. Duas raposas escoltaram o menino mais jovem até as proximidades do seu sítio e ele correu para abraçar os pais que, alarmados, já tinham insistentemente buscado reencontrá-los pela estrada e pela vizinhança. A gruta era um lugar bem escondido dos olhos humanos. Ao mirarem o horizonte, viram um idoso e uma jovem graciosa se distanciando lentamente. Num instante posterior, sumiram.

– O que aconteceu com o irmão, vovô?

– A história termina aí. Nunca se soube mais nada sobre o paradeiro dele. Alguns acreditam que vive até hoje com as raposas como um manso escravo delas.

– Ele quis salvar o irmão. Coitadinho.

– Bobagem. Agora sei que essa é uma história idiota.

– É uma história. E cada um faz dela o uso que melhor lhe convier.

E o homem consternou-se de olhar a bruta natureza emancipando-se e lembrou de si mesmo em sua juventude.

– Vovô, a vovó está chamando. Está gritando lá do quintal. Pediu para o senhor ir correndo. Tem raposa no galinheiro.

– Deixa comigo! Acerto um tiro no bucho dessa indecente.

– Deixem isso comigo. Fiquem vocês aqui.

E o homem foi caminhando em seus passos decididos, mas vagarosos, até o quintal. Ao chegar no galinheiro, a esposa apontou para o poleiro. A raposa subiu e ficou indecisa para descer. Entrou e foi para perto, na tentativa de espantá-la pelo buraco de onde veio. O velho chegou bem perto e, com um galho de árvore que encontrou no caminho, tentou cutucar o animal. O bicho grunhiu e virou-se para identificar seu algoz. O velho percebeu o rosto arisco e deformado e as presas à mostra. Mas o que o deixou petrificado foram aqueles olhos azuis terríveis e a profundidade da mansidão consoladora que o assolaram com uma força poderosa. O neto mais velho veio com a espingarda carregada e mirou a raposa sem pensar muito no seu feito. O tiro tinha precisão, mas o avô deu-lhe um soco no braço antes que afundasse o dedo completamente no gatilho.

– Mas, vô, eu tinha ela na mira. Essa mania de proteger raposa. Diabo! – E saiu bufando com a espingarda no ombro.

– Olha o respeito, moleque – bradou a vó.

A raposa saltou graciosamente e correu para a abertura na cerca. Sumiu para o deserto arenoso e de longe parecia uma pedra alaranjada movendo-se entre outras acinzentadas.

– Eu já te pedi mil vezes. Você tem que consertar essa tela, Joaquim.

O velho voltou-se para a esposa.

– Não tenha pressa. Não tenha pressa. São só umas galinhas.

Questão de ciência

— **Não é possível que vocês**, meus velhos amigos, vão se deixar enganar. Eu fiz alguns testes. É tudo psicológico. Como quando alguém nos diz que certo remédio natural, ineficaz, cura os males do estômago. Melhoramos ao tomar, mas não passa de um rigoroso placebo que nos induz à vontade e, consequentemente, à cura.

Este é Federico Bonarda. Os pais, agricultores, lhe deram complexa educação. Saiu do interior para a capital com o intuito de tornar-se um intelectual. Nas suas palavras, "Vou estudar para questionar". Depois de muitos anos na metrópole e muitos livros lidos de capa a capa, deixou tudo que tinha conquistado para viver à margem, num país diferente do seu, apenas para impor-se novos costumes e subverter suas convicções. Não deu certo. Acabou por tornar-se um professor, muito requisitado, em uma pequena cidade do interior. No novo mundo que conheceu, dominou a língua muito rapidamente. Ensinava tudo que podia. Recusava-se, apenas, a defender a teoria da gravidade.

— Essa tendência, de que temos de descer, está intimamente relacionada ao nosso medo de voar. Imagine, se tivermos medo de voar, sempre estaremos presos ao solo. Isso é um fato!

    Federico era um enigma. Não expunha qualquer opinião pessoal com facilidade. Tinha alguns desejos, muito íntimos, que raramente compartilhava. Um desses desejos, o mais comumente dito por ele, apesar de suas ressalvas quanto à sua intimidade, fazia questão de divulgar. Queria um discípulo. Um que acreditasse, sinceramente, na sua ideia da não existência da força gravitacional, ou, dito de outra maneira, queria alguém que participasse de seu entendimento de que a gravidade é algo, simplesmente, de natureza psicológica. Esse fiel discípulo nunca apareceu. Isso enchia Federico de angústia e decepção.

    Vivia grande parte de seu tempo em casa. Fora de seu cômodo lar, dividia-se entre a faculdade e o bar, com os colegas de trabalho. Nas sextas, mas não todas, voltava para casa meio bêbado. Trôpego, deslizava do carro, desde a garagem até a porta de sua casa. Antes de brigar com a chave e a fechadura, dava uma olhada num quarto de despensa sinistro, com uma porta de madeira azul bem claro, arruinada pelo tempo, que ficava ao lado da garagem, e ameaçava abri-lo. Mas desistia, repentinamente, sem motivo aparente. Colocava a mão na maçaneta, antes dourada e, agora, bastante enferrujada, e chacoalhava de leve, para frente e para trás. Depois, sem muita insistência, abandonava a tarefa. Antes de entrar, após ter sofrido para encontrar o buraco da fechadura, olhava para a porta velha e resmungava palavras desconhecidas. Nem mesmo ele entendia o que dizia. Quando uma nova semana começava, a rotina se repetia. Chata. Uma jornada de elucubrações e novas hipóteses.

– Meus caros amigos, estou convencido de que não voamos por simples e ridículo desconforto. É mais cômodo, para cada um de nós, que deixemos nossos corpos pesarem sobre o solo e que fiquemos depositados ociosos no chão e distantes do céu que merecemos. Nossos pais e avós nos ensinaram isso. Herdamos seus preconceitos, estamos impondo o limite. Por isso, deixo vocês com suas medíocres opiniões, pois decidi me isolar em minha solitária e confortável residência. Lá treinarei minha mente para libertá-la desse infortúnio e convencê-la a tornar-se melhor.

Com o passar dos anos, a idade transformou nosso personagem em uma figura ridícula, deslocada, pouco importante e nada essencial. Contentava-se em dar suas aulas diárias para os grupos mais atentos, que se interessavam pela ciência. Eram poucos. Ao final do dia, fazia uma ronda rotineira pelas ruas do seu bairro, imbuído de manter-se saudável nessa parca ginástica.

Numa tarde acinzentada, muito decepcionado com sua carreira e atitudes, Federico sentou-se numa mesa de bar e bebeu. Experimentou bebidas diversas. Debruçou líquidos de garrafas estranhas, coloridas, com rótulos interessantes e teores alcoólicos de distintos valores, que poderiam, juntos, formar uma escala de distribuição progressiva para a verificação de bêbados interessados. Bebeu e refletiu sobre a vida.

Num momento estranho, depois de beber vinho, sem limites, sentado sozinho na mesa do bar, olhou para o seu corpo perfeito. Admirou-se por se achar muito belo. Depois pensou numa morte precoce, por causa de um câncer ou um raio, e viu que o corpo não é uma extensão do universo, um apêndice elegante, mas algo solto no mundo, com identidade. Percebeu sua mão embaçada, adiantada na direção da taça. Observou as discrepâncias na anatomia, quando comparada com objetos geometricamente simples, e pensou nos braços como excessos e, nos dedos, muito mais escandalosos, como várias protuberâncias incômodas, mas necessárias. E no final de seu intento esquisito, sem objetivo ou função, viu que, ancorado na cadeira, estático, era a prova de que sua ideia sobre gravidade não passava de uma bobagem desmedida.

– Curioso. Ela de fato existe. Esteve presente esse tempo todo. Claro! É uma verdade. Eu a desconsiderei. Pobre!

Federico impregnou-se, de repente, de uma autocomiseração e de uma oportuna violência contra a força que subjugou a existência. Foi-se para seu isolamento certo de que, existindo, a gravidade seria, por ele, desdenhada.

Nesses tempos de loucura pura e simples, de total desilusão com sua crença desmedida e desrespeitosa, nosso personagem conheceu um aluno dedicado e, uma ocorrência inédita, um profundo admirador de seu pensamento.

– Tudo que li sobre a gravidade é uma grande bobagem, Professor Bonarda. Seus trabalhos sobre a inventividade da mente, que levou ao entendimento de que a força gravitacional não passava de uma ilusão perniciosa, provocada pela nossa ancestral doutrinação, me fez entender, rapidamente, a minha função nesse mundo. Preciso voar. E peço isso de maneira categórica, mas de forma humilde, quero que seja meu mestre.

Federico riu. E, descontroladamente, gargalhou de um jeito estridente e desproporcional. Observou aquele exemplar inicial de cientista. O rapaz, cujo nome curioso era Juvito Vicente, aparentava ter uns vinte e poucos, possuía um tipo abobado e um corpo franzino. Rosto vermelho e cheio de pintas marrons engraçadas. Um jovem meio ridículo, com um nariz muito fino. Uma figura sorridente demais, sem limites para o seu entusiasmo e exaustivamente repetitivo. Redundante em falas sobre perspectivas e insistente sobre o tópico da ajuda.

– Limite-se a aprender o que lhe ensinam – disse Federico, desmotivado. – Se quiser, acredite no que eu disse, mas não me interesso mais pelo assunto. Da gravidade, apenas decidi me afastar. – E saiu para qualquer lugar. Desejou afastar-se da visão que representava um passado que não queria reviver.

Sempre que estava em casa, Federico anunciava abrir a porta da despensa secreta. Desistia rapidamente. O interesse mudava. Era substituído pela fome, ou pelo desejo do noticiário ou da novela. Mas já dentro de casa, depois de passar o ferrolho na porta duas vezes, como era seu costume, fechava os olhos e a porta surgia serena, com seu azul sem graça e sua beleza demasiadamente retrô. Sentia-se angustiado.

Assim começou um novo episódio na vida de Federico. Nas manhãs que antecipavam a saída para a faculdade, sentia-se pesado. Arrastava-se até o carro com dificuldade. Ao sentar-se no banco do motorista, tinha a sensação de que o carro arriava. Que se afundava de tal maneira que não conseguia ver o capô. Dirigia lentamente até o trabalho e chegar à sala de aula demorava um tempo colossal. As passadas eram firmes, mas densas. O solo sob os seus sapatos parecia afundar, deixando o formato da sola rigorosamente registrado. As escadas eram a parte mais difícil do trajeto. Sentia que não aguentariam seu peso e, a qualquer momento, sucumbiriam e o levariam ao chão. Durante todo o dia sofria carregando sua massa, absurdamente grande. Chegava ao final exausto. Estava desgraçado. Algo acontecia, estranho e perturbador, que ele não conseguia controlar ou mudar. O trajeto, da casa à faculdade, tornou-se um fardo demasiado grande para seu corpo que, apesar de normal, parecia ter adquirido proporções enormes e uma massa descomunal. Ele se arrastava, deformando o terreno ao seu redor e perturbando todos os objetos próximos. Atraía massas numa razão inversamente relacionada à distância que o separava delas, ou seja, quanto mais perto, mais interagia com as coisas. Perturbou-se tanto com sua nova condição que decidiu reservar-se o direito de ficar o maior tempo possível confinado em sua casa.

Apenas Juvito o observava de longe, curioso. Anotava tudo numa caderneta novinha, com capa preta de material que imitava couro, onde, possivelmente, imprimia as ideias que aspirava contar para o mentor que o recusou. Mantinha-se a uma distância segura, mas não temia a situação do professor. Apenas recusava-se a ser maltratado novamente. Almejava, em momento oportuno, falar-lhe algo confortador e solidarizar-se com sua desventura.

O bar era um refúgio passageiro. De lá, Federico levava, para sua casa, algumas garrafas de conhaque e vermute. Bebia todas para sentir-se menos pesado. O proprietário o inibiu de frequentar o botequim. Sua ação sobre os corpos começou a afastar a freguesia. Pedia a bebida pelo telefone e recolhia na porta quando elas eram deixadas no tapete da entrada. Momento em que intencionava, sempre, refugiar-se no quartinho de despensa, onde, talvez, pudesse isolar-se ainda mais e reprimir a suficiência aterradora da sua capacidade de ser um monstro sugador de coisas, pesado e deformado.

Com o passar dos dias, sentia que a casa se desestruturava. Suas passadas, em seu interior, faziam o piso rachar e, sistematicamente, começar a afundar. Evitava seguir os passos costumeiros. Percebeu, também, que as paredes estavam trincando e o lugar ganhava um aspecto grotesco, perturbador. Alguns alunos ligavam para se informar de seu paradeiro, e perguntavam sobre a possibilidade de ele terminar o semestre letivo.

– Estou muito doente. Uma situação delicada – respondia.

Numa tarde bastante confusa, Federico não conseguia, por nenhum recurso que usou, mover-se do chão de sua sala. Estava afundado num buraco de vinte centímetros. Delirava na sua cova autoelegida e os seus pensamentos eram todos uma visão da porta azul caricata de sua sinistra despensa. Aquela entidade, azul desconcertante, viajava, desde um infinito aterrador, até chocar-se com a cara burlesca e abobada de Federico, pateticamente preso ao piso entortado de sua casa. Em outro devaneio, com suores grossos que lhe empapavam a camisa, a porta girava ao seu redor, orbitando seu corpo massivo e decadente. Federico não entendia por qual motivo ela não colapsava em seu peito molhado. O movimento era perfeitamente circular. Entre os pesadelos diurnos que o afligiam, um som consolador veio resgatá-lo da loucura. A campainha tocou e foi como se a âncora que o conectava ao abismo se desligasse e afundasse sozinha, para que pudesse obter novamente sua preciosa liberdade. Não pôde acreditar quando conseguiu, de um modo relativamente fácil, caminhar até a porta. Ao abrir, reconheceu o visitante. Era Juvito, cordial e sorridente.

– Vim para saudar o senhor, Professor Bonarda. Não quero incomodar. Vim para dizer que faz falta.

– Entre. A casa não está das melhores. Posso lhe oferecer um copo d'água e só. Agradeço sua preocupação. Mas peço que não se demore.

A conversa durou alguns minutos e quem falou foi Juvito. Embrenhou-se em um monólogo sobre as ideias que havia desenvolvido sobre a gravidade e sua não existência. Também sobre um método de voo que desenvolveu apenas com a capacidade mental. Folheou o caderno entusiasmado e mostrou suas páginas para Federico, que desdenhou, cansado. E, depois de sua eloquente exposição, calou-se decepcionado. Nosso personagem, curiosamente, sorriu. Depois, disse que tudo que o aluno havia dito parecia, de certa forma, interessante. Federico pediu uma gentileza ao rapaz:

– Você me acompanharia até lá fora? Quero lhe mostrar algo.

Foram os dois pela porta da frente e, ao chegarem à garagem, Federico, arrastando-se sôfrego e delirante, como podia, fazendo um esforço sobre-humano, mostrou ao jovem a porta azul e sua desgastada maçaneta dourada. Pediu a Juvito o favor de abri-la, já que ele não conseguia, sempre que tentava. O rapaz puxou com força e, em seguida, empurrou levemente. A porta se abriu com facilidade. Federico pediu que Juvito entrasse.

– O que tem aí? – perguntou o jovem.

– Acho que é melhor você descobrir por si mesmo. O curioso é que comprei a casa com essa despensa, parece estar aí desde sempre.

A curiosidade venceu o temor e Juvito mergulhou no breu. Quando percebeu que o rapaz havia passado para o lado de dentro, Federico puxou a porta e segurou a maçaneta com toda sua força. Ouviu pancadas que vinham de dentro da despensa. Depois vieram gritos assustadores, berros de terror, grunhidos demorados, arranhões seguidos de socos, choros doloridos que pareciam nunca terminar, e, finalmente, se estabeleceu um silêncio perturbador.

Federico abriu a porta azul, desgastada e horrorosa, com calma. De seu interior veio Juvito, sorridente, como costuma sempre ser.

– Tem que organizar as ferramentas. Alguém pode se machucar ali.

– Moleque!!! – berrou Federico.

Juvito foi surpreendido pela mão que veio de cima, pesada, e foi obrigado a alcançar a calçada empurrado por uma sequência ridícula de ineficientes socos e pontapés. Foi-se por respeito. Na porta, ofegante, Federico exigiu com a voz retumbante:

– Não volte mais aqui!

Antes de entrar na casa, sentiu-se ligeiramente menos pesado, olhou para trás, e viu Juvito se distanciando ligeiro. Enquanto o jovem caminhava, deslocava-se, flutuando, na vertical. Tornava-se mais leve a cada passada. Em poucos minutos, alcançou o céu azul, da mesmíssima cor da porta da despensa.

Vocabulário do cínico

> Dicionário
> Maligno instrumento literário para limitar o crescimento de um idioma e torná-lo duro e inelástico. O dicionário, contudo, é uma obra muito útil.
>
> Ambrose Bierce, Dicionário do Diabo

Um fato curioso sobre o inismo é que o seu mais ilustre representante é, possivelmente, Ambrose Bierce, graças ao seu *Dicionário do Diabo*, ou *Vocabulário do Cínico*. É um caso hilário que o nome original, que fazia apologia ao demônio, coisa censurada pela religião, tenha sido substituído por esse título com grande força literária e, virtualmente, acadêmica.

De todas as definições apresentadas nesse maravilhoso dicionário, a solução dada por Ambrose para a explicação da palavra *eu* é uma louvação ao humor de alto nível e à inteligência e criatividade do escritor, mesmo que sua definição de *escritor* – a conheceremos ainda neste texto – seja diferente do vetor que oriento. Para Ambrose, o *eu* representa "a primeira palavra do idioma, o primeiro pensamento da mente, o primeiro objeto de afeto". Ali existe uma autoavaliação curiosa, mas a louvação do cinismo em seu mais alto grau, uma destilação do veneno literário como dádiva de poucos, encontra-se na sentença: "O uso franco mais gracioso do 'eu' distingue um bom de um mau escritor; este último o carrega à maneira de um ladrão tentando esconder seu butim". Está dada a chave. É possível que, aos moldes dos *estúpidos*, descritos pelo próprio Ambrose nesse mesmo manual de significados, a saber, na página 98 (edição virtuosa da Carambaia) – fica perto da palavra eu, distante uma única página, percebi ao olhar para o lado esquerdo –, alguns escritores superficialmente formados desprezem a força do cinismo na literatura e descartem a possibilidade de ler esse excelente exemplar que atesta a sanidade de um verdadeiro cínico.

Então quem é o escritor para o cínico? E quem é o cínico para o escritor medíocre? A resposta reside na tradução da palavra *cínico* que nos foi apresentada pelo próprio Ambrose Bierce no seu, agora categoricamente, útil *Dicionário do Diabo*. Nessa explicação, parece que lemos as frases ditas pelo próprio ser obscuro para serem desenhadas pelas mãos do escritor, em letras de fogo, nas páginas de seu livro. Ele define o *cínico* como "Um canalha cuja visão defeituosa vê as coisas como elas são, não como devem ser. Daí o costume dos sicilianos de arrancar os olhos do cínico para melhorar sua visão". Mais simples impossível. Obviamente, o cínico não avaliza os contadores de histórias absurdas. Sua máxima literária deve ser: "É preciso que um grande escritor tenha vivido, em grande parte, a história que conta". Sua metralhadora crítica pode atirar em todas as direções, como quando define *estória* com a frase profundamente correta que sintetiza a palavra como uma "narrativa costumeiramente mentirosa".

    Finalizando, esse era apenas um texto síntese sobre o fantástico dicionário de Ambrose Bierce, e sua função é apenas incentivar a sua leitura. Falemos sobre o escritor medíocre. Maus escritores são cheios de regras para comportamento de seus personagens. Não têm coragem de arriscar e não têm sangue nos olhos. Esse, o medíocre das letras, nas palavras do autor do *Vocabulário do Cínico*, é "o mais escandalosamente moral".

Voluntários da sorte

Com essas lentes ridiculamente pesadas, eu encontrei o único caminho capaz de ser percorrido por um voluntário da sorte, coisa que sou. Não é comum encontrar, pelo menos ocasionalmente, esses seres tão particulares, e digo isso com cuidado, afinal são meus primos, exagero chamá-los de irmãos, esses imbecis rotulantes, escorregadios humanos contidos em si mesmos por falta de empatia com outros da espécie. Parece confuso, assim sem explicação. Os milenares voluntários da sorte organizam-se em torno de uma proposta infame, dispendiosa e – já usei a palavra ridícula? Não há outra – ridícula. O que querem esses seres é tornar a vida mais fácil. São rudes, enigmáticos, mas têm a pretensa função de encostar-se nas bordas de desgraçados (por serem vítimas), para que tenham uma única sorte na vida, qualquer uma. Ganhar o jogo, não comprar tomate estragado, encontrar uma promoção de leite integral, dividir as parcelas do seguro do carro em dez vezes sem juros, beijar – uma única vez e por acidente – a mulher ou o homem que tanto desejam. São esses atos de profunda imbecilidade que tornam esses seres um grupo domesticado de voluntários pelo bem maior, mesmo que esse bem seja tão banal e óbvio quanto usar guardanapos limpos. Mas não sabem maneiras de tornar tudo isso possível, num fato, sem que observem e copiem. Usurpam a essência da escolha. São estúpidos e instintivos, e sabem que o momento chega ao acaso, pois aproximam-se, sem advertir, de uma dama invisível, a saber, a sorte.

Como eles surgem? Essa escória da bondade. Como toda ralé pretenciosa surge, autoelegidos. Escolhem a si mesmos a esmo. Inocentes? Não. Desocupados? Sim. Ainda não são uma multidão, mas invadem os pensamentos uns dos outros quando captam, por sintonia de débeis frequências cerebrais, as suas possibilidades de bondade. São uma ruptura no quadro do tempo, uns escrotos mórbidos. Porém, são interessantes.

A não ser por um elemento especial dessa ordem, um que tecnicamente consegue mudar o rumo de uma vida definitivamente desgraçada, esse que, imitando Clarice Lispector, transmutou-se ao olhar uma pantera de frente, olho no olho, e absorveu a coisa X, ou simplesmente impulsionou-a desde seu centro, e a fez existir. Esse ente, esse descomum, é uma máquina de fabricar simpatia. Veja bem, vamos colocar tudo em panos limpos de uma vez por todas, já que a explicação do comportamento desses seres cuja existência é real não é algo simples. Novamente! Os incautos não suspeitam que são vigiados. Os que insistentemente rondam, orbitam, circulam, são copiadores de atos e executores de comportamentos proibidos. Sua presença não devia ser permitida, visto que roubam energia, desequilibram o tênue tecido da estabilidade universal. Não possuem capacidade intrínseca de tomar decisões, corretas ou absurdas, então, literalmente, se escoram nas decisões e no comportamento alheio. Um a um, esses tolos sabidos, esses belos monstros simpáticos, esses desvios naturais do reto proceder, esses leões de juba curta e rosnar desafinado, basta de elencar adjetivos, isso é coisa por demais usada e saída fácil na escrita, não quero destoar nem divagar, mas voltando, como ia dizendo, esses tolos se alimentam de odores e sombras, salivas e ordem. Aquele que citei antes, um enigma infiltrado, tem coisa de imitador, de sugador, mas eleva-se, constantemente, a níveis superiores de comportamento voluntário. É um sortudo nato, pois acompanha seres que não o percebem, usufrui da licença imposta de roubar-lhes as escolhas e logo em seguida, por maravilhosa sorte, infiltra-se voluntariamente, óbvio, em um outro universo mais elaborado, de iniciativas mais altruístas e elevadas. Agora, por exemplo, por causa da sua transmutação e da aptidão felina em saltar na mata por cima de folhas secas, sem fazer ruído ou causar danos aos seus pés, come carne vermelha da melhor qualidade que existe. Deixou seus irmãos para trás e esse narrador enciumado e, claramente, ensimesmado.

Uma ruptura inédita, um organismo do futuro, esse ser voluntário e observador. Agarra a sorte como ninguém antes fez e comunica-se com o acaso com maestria e competência. Parece que o espaço se comporta como escravo em seu favor, e parece que o tempo lhe favorece na medida em que envelhece mais inútil e mais depositado à sombra dos eventos que se organizam e se manifestam escancaradamente, sem pudor, para o seu deleite imbecil.

Deu-se então um evento, pois nenhuma sorte dura muito. Ele estava numa mesa comum em um restaurante e as pessoas conversavam de todos os assuntos. Um deles falava lento, abrindo uma bocarra com os dentes saltando, e tinha olhos sonsos, um nariz grande e meio arredondado. Um jeito perturbador. Contava histórias desconexas sobre maneiras de se obter muito dinheiro, parecia bem provido, mas incapaz de cuidar de si mesmo. Autointitulava-se pescador e dizia que sua profissão era sair jogando iscas a esmo.

É preciso dizer que esses voluntários não vivem de migalhas. Às vezes se refestelam de suntuosos banquetes, à sombra de um telhado poderoso, seguro e quente. Bebem bom vinho quando podem e, ainda assim, para todo efeito, é como se não existissem. Também não são ladrões. Se algo sobrou, sem prejuízo para outrem, eles pegam, é deles.

Isso tudo eu posso garantir que vi de perto, com os olhos do desejo que me foi imposto pela disciplina dos seres voluntariosos que apresentei. Algo não parecia se encaixar naquela rotina. O ser dúbio, que se esgueirava para a bruta sorte que sempre o acompanhava, limitou-se a observar. E olhou de muitos modos aquele falador alucinado com cara distorcida e hálito envenenado. Depois de muito esperar, não sentiu que pudesse aproveitar algum descuido do monstruoso homem e deixou o lugar em que estava com o valor de seu consumo abandonado na mesa. Não deixou gorjeta. Eu me tornei um observador da história que se desenrolou a seguir e vou narrá-la incluindo minha presença definitivamente. Sou o obscuro entendedor do meu papel nessa trama e com isso retirei uma preciosa lição que contarei na conclusão do meu texto. Sem especulações sobre o ocorrido, vou deixar os detalhes, pois estive presente à distância avaliando cada passo do protagonista e cada detalhe de sua muito veloz ruína.

    Deu-se que o sortudo, antes perseguidor de diversas fontes de absorção útil e gratuita de vantagens, tornou-se um dependente da presença do estranho falador, cujo nome ruidoso era Viumondes, o vendedor. Conto-lhes o nome pois é homônimo do ser macabro das profundezas abismais, protagonista de terríveis histórias cristãs, aquele grã-fino estrangeiro de Hoffmann, que observou, pois produziu, a desgraça do conselheiro Walter Lütkens, dentre outros – não faltam narrativas universais –, e batizado com esse nome na ficção sensacionalista de Rudolfo Anzóis, historiador e escritor uruguaio.

    O inventor da falácia garante que alguns tipos são mais desenvoltos que outros. Têm mais habilidade para enganar e manipular. Curioso que o horroroso homem, agora nomeado, tivesse tanta habilidade com as palavras. Ao seu redor havia um mundo de seguidores. Um após o outro sorviam a palestra do monstro. Ele tinha uma teoria esdrúxula sobre as coisas próximas serem dotadas de poder. Que, se algo estivesse prestes a acontecer, uma criatura observadora podia perceber em torno de si os sinais que eram apresentados abertamente. Por exemplo, segundo ele, estava enamorado de uma garota impossível, e ultimamente via, com estranha frequência, ao seu redor, uma quantidade exagerada de automóveis vermelhos. Em todos os lugares o vermelho o perseguia. Sempre à sua frente, como um letreiro indiscreto a passar uma mensagem. Por causa disso, deixou o sentimento morrer. Entendeu que as coisas queriam lhe dizer que um mal maior seria evitado se abandonasse o seu desejo da realização do amor.

    Toda essa composição causou interesse ao voluntário que observei. Viumondes sabia que lançara uma corrente ao acaso e a armadilha funcionou. Apreendeu um observador submisso, que logo converteu-se em um adepto. O voluntário passou rapidamente de protegido da sorte para um infame pedinte. E eu perdi o interesse. Voltei-me para a sombra do benevolente acaso e deixei para trás os dois iguais que, aos poucos, completavam-se em união e causa. Não há coisa mais indigna para um observador do próximo, para aquele que espera o amparo arbitrariamente, do que a mendicância. Horror! Horror! Não é outra coisa.

O monstro feio chamado Viumondes era um mensageiro do caos e não tinha plano algum, nem objetivo em mente. O deleite de seu novo escravo não pode ser explicado pela teoria simples do encanto com as palavras. Acredito que os voluntários da sorte, esses seres inescrupulosos, vivem em um limite, numa linha muito tênue entre a sorte e a piedade.

Zeus palhaço

Coisa muito improvável de se ver – e nunca ouvi dizer que pudesse existir, narrada por alguém, qualquer pessoa que seja, fora das telas de cinema ou das páginas dos livros – é a figura de um palhaço, cuja função é a de assustar crianças no lugar de divertir.

Essa é a ideia de Hugo, ou do palhaço Huguito, o minúsculo. Em frente ao espelho, sentado em sua cadeira de plástico desgastada, ele fala com a sua imagem, cauteloso para provocar em si mesmo um encorpado estímulo. Galgava vontade em porções crescentes.

– Hoje será diferente. Farei um número de circo surpresa, no qual serei um palhaço terrível, sinistro, que levará para o público o terror no lugar da graça. Tudo está preparado. Estreio meu personagem em alguns minutos. O roteiro foi pensado da seguinte forma: primeiro vou surgir detrás da cortina, meio calado, cabisbaixo, rosnando, arrastando os pés, caminhando em direção ao centro do picadeiro, muito angustiado e ensimesmado, até parar na frente de todos para narrar minha função, naturalmente distorcida, de aberração sanguinária. Direi que desejo devorar as crianças. Eles vão enlouquecer. Alguns ficarão aterrorizados, deixarão a arquibancada rapidamente, irão reclamar com o dono do circo, pedirão o dinheiro de volta e, por fim, vão emitir impropérios contra minha pessoa e minha arte, e deixarão o local revoltados. Outros ficarão extasiados, pois adoram a diversão sinistra, se identificam com os temas relacionados ao mórbido, ao horrível, ao grotesco. Querem estar apavorados. Aplaudirão de pé a minha inspirada performance. E dirão, já do lado de fora, que tiveram a melhor experiência da vida deles. Do meio do meu espetáculo em diante, fingirei me adiantar em direção às crianças na plateia. Mostrarei os dentes, carregados de pontas, e a boca, cheia de baba gosmenta. Irão delirar. Com as mãos apontadas na direção do pescoço delas, emitirei sons grotescos e cabulosos, que remontarão à ideia dos abismos sepulcrais e dos desertos de tártaros, da literatura macabra dos grandes autores do terror de outrora. Será um espetáculo com um método! Lançarei doses de terror em pequenos pacotes macabros de suspense, igualmente separados pelo tempo, sistematicamente calculados. Embutirei na cabeça deles a aceitação, com temor. Depois evoluirei linearmente, para dar mais medo e causar mais assombro. Porções definidas de horror. Concentradas. Esse será o advento do espetáculo quântico.

 Afinal, o inusitado se manifesta. Existe um palhaço tresloucado e adverso à sua função natural. A atuação estava excepcional. Huguito fazia tudo o que planejara. Era um deus na arena. Ninguém saiu. Os rostos estavam paralisados e os corpos numa inércia imodificável. Mas não chegou ao final. O público sentiu crescer um desejo, uma fome, uma revolta. Enojados, desceram de seus assentos. Invadiram o picadeiro. Hugo estava à margem, na iminência do ataque. Fora abatido pela ira, atacado de todos os lados, e vários de seus pedaços, depois de arrancados por golpes de estupidez e por unhas afiadas como facas, foram arremessados no ar como confetes festivos, numa declaração de que o espetáculo chegara ao fim. Partes de palhaço dispostas em pacotes ensanguentados, no alto, acima das cabeças enlouquecidas, igualmente separadas no espaço, formando um padrão insano, vermelho e perturbador.

Viajantes

> Somente os loucos espremem até as glândulas
> do absurdo e estão no plano mais alto
> das categorias intelectuais.
>
> Pablo Palacio, *Um homem morto a pontapés*

Não conseguia terminar a leitura. Estava preso em uma palavra e parecia que todas as outras desfilavam ao seu redor. Não! Passavam por baixo, como águas sob uma ponte. Deve ser a viagem. Eu cochilava. O brilho da TV me confundia. As palavras corriam pela folha amarela. Levantei-me. Sacudi a cabeça e, depois de beber um gole de água, mudei para o noticiário.

Em seguida, um filme. Um velório. Sobre o morto, nada além de sua memória. As pessoas não falavam. O enterro demorou um pouco menos do que os enterros normalmente demoram. Choveu, um clichê. Deixou o dia mais melancólico. Espalharam-se, levianamente, os entristecidos parentes e amigos. É imperdoável que não pensem na brevidade da vida e, foda, blá-blá-blá.

Amanhã parto para Marte. Sou um astronauta servidor, segundo a empresa que organiza a viagem. Na nave, eu, os astronautas funcionais e mais vinte incautos aventureiros. Desbravadores da nova cultura de humanos no espaço. Um título idiota. E ridículos são todos os sonhadores milionários que esperam um grande futuro dessa empreitada. Meu papel não é secundário. Sou da tripulação. Cuido do sono dos passageiros. Espero que sonhem durante a viagem. Amantes, carros conversíveis, frutas de Natal que só se vendem no Natal, mansões, com dúzias de banheiro, e *chardonnay* francês.

Acomodação. Cintos de segurança presos. Regras e recomendações perfeitamente ditas e seguramente ouvidas. Decolagem. Barulho ensurdecedor, para os que ficaram lá fora. Nave no espaço. Oxigênio, apenas dentro. Abaixo de nós, a Terra. Certamente azul, como dizem. À frente, o indomado. Vazio que se engole, se autopenetra e destrói o nada ao seu redor, depois o cria novamente. Uma espiral perpétua. Depois dos uivos de alegria e das comemorações orquestradas, hora de dormir. Aplico, com um recurso simples, um dispositivo acoplado às roupas dos passageiros, um sonífero forte. Já sonham com o futuro, pois é o futuro que desejam. Antes do meu sono, penso em churrasco e Coca-Cola. Sou o derradeiro, como deve ser.

Por causa da cena que vejo, gastei uns minutos, ainda, pensando numa ideia que venho amadurecendo há algum tempo. O Imbecilismo. Nada muito complicado. Algo entre o indiferentismo crônico e o completo desconhecimento de todas as coisas relacionadas aos humanos. Uns possuem, outros também. Lembro-me do meu irmão, como um isento. Tinha anticorpos para essa doença. Uma inspiração. Preciso esperar alguns minutos para garantir que todos estejam confortáveis e imersos em um estado de sono profundo. Observo os rostos sortudos feitos por Deus, em algum momento de Sua folga, que deve acontecer raramente, ou durante o excesso de trabalho, nas horas extras eternas, abobados e com semisorrisos indiscretos nos lábios imbecis. Os cheques compensados e um canhoto da passagem, para guardar de lembrança.

O Imbecilismo não é uma novidade. Em Marte, talvez ele se espalhe novamente. Conquiste os microrganismos marcianos, em sua fase mais primitiva, e a nova raça, que eventualmente venha a surgir, já comece estragada pela síndrome. Não há como evitar. O contágio, não sei como se processa. Pensamento. Mucosa. Piolhos (nanopiolhos). Um olhar demorado. Há possibilidades. Muitas. O fato é que qualquer novo ser, marciano ou não, será um imbecil em algum momento. Reduzido à simplicidade e ao egoísmo. À superficialidade das ações inerciais. Tudo que executa é por impulso. No sentido da correnteza. A moda. Então, os passageiros, guardadas as condições especiais, são como os atores na cena do velório, de ontem na TV, de luto, com a indumentária correta. Não pensam no que importa e, ridículo, blá-blá-blá.

Agora, o meu sono. Acomodado numa poltrona confortável e limpa, aperto no painel o botãozinho que leva o soro, como um interruptor que desliga, desde a ampola invisível até a corrente sanguínea. Em instantes, durmo o sono que não desejo, mas nele poderei articular a estrutura do Imbecilismo, sem o óbvio cansaço do cérebro. Criar a tese para os marcianos estudarem e que, talvez, seja a razão de sua sobrevivência decente.

É isso! Nos vemos em Marte.

Exilados

Camus equilibra o cigarro na boca. O lábio superior franzino. Com o outro, uma pinça. Nada se pode afirmar sobre a cor de seus olhos. Parece ser clara. As pálpebras são meio inchadas e a testa, espontaneamente, franzida. Um contrassenso possível. Cada íris está, rigorosamente, no centro. Não é estrábico. Possui uma mancha laranja entre os dedos e a calva começa a se impor. Pode se orgulhar de ter chegado aos seus 46 anos com alguma coisa de Humphrey Bogart. Cada vida é uma galáxia, pensa. Deixou que o outro avançasse. Meursault. É uma galáxia, para não dizer mais. Fumou. Fumou até que a marca alaranjada se tornasse um pouco marrom. São outros tempos, menos complicados. Não existem propagandas advertindo sobre os males causados pelo cigarro, no verso da caixa. Ele fuma mais um, e outro. Parece prever que não fumará mais.

O carro encosta pelo lado esquerdo da rua. Facel Vega, seminovo. Não há placas de proibido estacionar. Ele atira a guimba com elegância. Sua marca registrada. Olha ao redor, como quem olha as filas de viajantes numa estação de trem. E se arremessa adiante, sem convicção. São flores à sua volta? Um efeito da luz parca e da ansiedade. O capim sem qualidades, sem escrúpulos, amortecendo a necessidade de beleza e espelhando as cores que chegam lentamente. Está só. Ou deseja estar só. É a tarde? Meio-dia. Horror por não ter certeza da hora. E o carro destacando-se à espera. Nele está Gallimard, seu amigo. Há outros. Não importa para o momento.

Gallimard sempre se refere a Camus como um homem cordial. Ainda é jovem. Seu brilho de Bogart está no auge. O sobretudo, pele de camelo, correto, dá a ele um ar circunspecto, se é que precisa. Não é diferente com outras roupas, ou em outros horários. Um homem cordial. Tem 46 anos. Não era necessário dizer. É jovem.

Lá vem ele, diz Gallimard. Albert, meu caro! Depois se cala por uns instantes, até que reclama. Um resmungo. Camus desculpa-se pelo imperfeito do subjuntivo, e confessa sua fraqueza pelo belo linguajar em geral. Antes, sorri. Mas não convence. Do lado de fora, o homem que prefere não nominar. Vai ficar? Ele diz. Uma aura. Absurdo. A voz rouca, e propositalmente distante, assemelha dizer, com os lábios pouco vibrantes: decididamente, o senhor me interessa.

Os olhos que olham, serenos, miram duas linhas que se estendem até o infinito, passando por anteparos e ar. Nada obstrui o futuro que deseja ver. A luz não entorta. Não é estrábico, como foi dito. Enxerga reto, sempre enxergou. Mas há um novelo, um inseto oscilante, uma concha muito desengonçada se formando na nuvem, no paralelo, nas extremidades do mundo. Sísifo também. Seus olhos não são azuis e enxergam. Até o que é proibido. A massa negra, a coisa antecipada. Não é Meursault. Uma rocha? Não é a porta. A porta da desgraça, onde se prolongam quase meia dúzia de batidas secas, destrutivas. Não é a tuberculose. Nunca foi. O mar. Está em tudo. Camus percebe. Jovem. Uma árvore.

Camus senta e o banco do carro se afunda. A cabeça não consegue encontrar o encosto. Pensa que estaria melhor com Char. A conversa. Literatura. Política. Estética e o encanto das palavras. São palavras que saem da boca de Gallimard e dos outros. Camus espera, ouve o que pode e cala-se mais do que fala. Mas fala, também. Observa a região entre os dedos do cigarro. Laranja. Ainda. Essa mancha vai durar para sempre, pensa. No painel, o relógio analógico destaca cada minuto, com uma campainha imaginária. Só Camus escuta, enquanto faz o exercício mental de separar outros sons. Um assobio leve, distante, e os agradáveis ruídos do mar. Sua intimidade. Ele veio. Acomodou-se no mínimo espaço ocioso, no banco de trás. Mais intimidade. O mar.

A estrada se estica no mesmo sentido do movimento. O destino nunca chega. Como, em geral, não se chega nunca aos destinos. Nenhum. O homem cordial é, sem nenhum acréscimo significativo, o homem revoltado. Pois não há vida sem revolta. Não há galáxias em um universo apático. Só estradas intermináveis, com árvores gordas destacando-se à margem. Sempre à margem. A não ser por uma, única, frondosa, inusitada. Nasceu no centro da via e alongou-se para o céu até tornar-se tão imensa quanto a própria estrada que a sustenta. Que a modela e emoldura. Dois infinitos: árvore e estrada. Não há carro capaz de separar essa engenhosidade do absurdo. Revolta. Fim.

Um ruído, longo. Nenhuma voz, nem fraca, nem forte, quebra a branda e inocente tranquilidade do espaço. Nada se infiltra, para ruir, por dentro, a bonança melancólica da paisagem. Fechados, não é possível ver os olhos negros de Camus. Muito vivos. Monocromático. Desde os múltiplos tons de cinza. A vida se infiltrando nas esferas. A reinvenção helicoidal. Nas entrelinhas, Sísifo. Um soco surdo na rocha de Sísifo. Simples. E pronto! Abre-se a porta. Completamente. A bruta porta. Rígida. Perfeita.

Migraram juntos para um ermo, dois pássaros. Foram seguidos, também, mas sem sucesso. Os fiéis. Cansaram-se, muito cedo, que fique claro. Sozinhos. Um era Camus, pensativo. Voltava ao seu reduto primeiro. O outro, Meursault, o estrangeiro.

grupo novo século

Compartilhando propósitos e conectando pessoas
Visite nosso site e fique por dentro dos nossos lançamentos:
www.gruponovoseculo.com.br

<ns

facebook/novoseculoeditora
@novoseculoeditora
@NovoSeculo
novo século editora

Edição: 1ª
Fonte: Literata

gruponovoseculo.com.br